林建华 著

山东大学出版社
·济南·

图书在版编目(CIP)数据

咏絮集 / 林建华著. — 济南:山东大学出版社,
2021.6

ISBN 978-7-5607-7052-9

Ⅰ. ①咏…　Ⅱ. ①林…　Ⅲ. ①诗词－作品集－中国－当代 Ⅳ. ①I227

中国版本图书馆 CIP 数据核字(2021)第 113895 号

策划编辑　徐　翔
责任编辑　郭凯迪
封面设计　午　云

出版发行　山东大学出版社
社　　址　山东省济南市山大南路 20 号
邮政编码　250100
发行热线　(0531)88363008
经　　销　新华书店
印　　刷　济南新科印务有限公司
规　　格　700 毫米×1000 毫米　1/16
　　　　　14.75 印张　236 千字
版　　次　2021 年 6 月第 1 版
印　　次　2021 年 6 月第 1 次印刷
定　　价　58.00 元

序

张延龙

《咏絮集》是林建华先生的第二部诗词集。这部诗词集汇集了近年来的400多首诗词作品，内容丰富，涉及面广，余能先睹大作，实为幸事。

林建华先生在几十年的工作历程中，从基层工厂到省直机关，先后供职于聊城内燃机厂、共青团山东省委、齐河县委、山东省农业委员会、山东省农机局，还受聘为山东农业大学、青岛农业大学兼职教授，山东社会发展研究中心和青岛农大中国农村发展研究中心研究员。著有《大学生工作的挑战与抉择》《现代农业发展的研究与实践》《农业机械化的探索与创新》等。他是一个学者型的领导干部，几十年的丰富阅历正是他成为诗人的实践基础，天赋和勤奋是他成为诗人的主观条件。林先生自青年时代起就喜欢诗词，工作过程中不断练习创作，退休后开始对格律诗词进行严格的学习研修。2019年初出版了第一部诗词集《畅怀集》。他是中华诗词学会会员、山东诗词学会副秘书长兼创作部部长、省直诗词分会会长。在繁忙的工作之余，他坚持诗词创作，作品颇丰，现在《咏絮集》又要付梓。他从不同的广度和深度对社会、对人生进行思考，其作品源于生活，深刻地反映了当代的社会变革和人们的社会活动。从他的作品中，我们看到了一个党员诗人的党性和艺术性的统一。可以看出，他继承了我国诗词创作的现实主义传统。拜读之后，感触颇深。

一、浓厚的家国情怀

林先生是一位党政机关的领导干部，在机关工作30余年，养成了很强的党性观念、政策意识和家国情怀。他的作品充满了正能量。从诗歌发展的历史来看，诗人的家国情怀、忧国忧民思想，也是我们中华民族文化发展的优良传统。李白、杜甫、辛弃疾、张养浩等诗人、词家、散曲家，无不心系国计民生。林先生继承了这个好传统。国家的经济和科技发展、军队和国防建设、经贸及外交等大事，无不牵动着诗人的心。如 2019 年，为了反击西方对中国的围堵，在中国商务部发布了《不可靠实体清单》后，林先生高兴之余写了《中国亮剑》：

昂首雄狮吼似雷，巨龙腾跃显豪魁。
达摩之剑凌空举，镇怪降妖我自嵬。

显示了中国人民在振兴的路上不再屈辱忍让，而是针锋相对的自豪感。

2020 年全国人大常委会通过香港国安法，林先生看到了国家从根本上解决香港问题的重大举措的意义，在《港版国安法镇妖魔》中写道：

曾经魑魅闹香江，烟瘴弥沦冒鬼腔。
利剑达摩生锐气，驱除妖孽可安邦。

中国签署了《区域全面经济伙伴关系协定》(RCEP)后，又完成了中欧投资协定谈判，作者高兴地写了《闻中欧投资协定谈判成》：

不惧戗风凛冽飕，中欧相共浪飞舟。
翻然大举开新季，劲势归趋引五洲。

可以看出，作者的心是跟国运同步律动的。

二、鲜明的时代特征

作家、诗人的创作离不开他所生活的时代，林先生的作品具有鲜明的时代特征。譬如，我们党用了 8 年时间投入大量人力、财力、物力，打了一场震惊中外、彪炳史册的脱贫攻坚战，让 9899 万农村贫困人口摆脱了贫困。林先生是这场脱贫攻坚战的亲临者，他的诗作从多角度、多方面、多层次地对这场脱贫攻坚战进行了反映。1997 年，他担任省农委副主任分管全省的扶贫工作。他深入沂蒙山区，看到贫困户的悲凉生活时，不禁潸然泪下，深感责任重大，担子沉重。他在《访贫》中写道：

峰叠山苍见一庄，青岩卵石建村房。
风霜难挡家徒壁，苦从心生泪眼汪。

多么深沉的感情，看到20世纪90年代末还有这么贫穷的村民，泪流如雨，这是当代共产党人的感情。

开展脱贫攻坚，党中央提出了精准扶贫的要求，作者对此以诗《精准扶贫》相赞：

刨除痼疾斩穷根，精确帮扶石刻痕。
集力运筹谋创业，克难致富扭乾坤。

各级选派了大批干部下乡参加扶贫工作，作者的《处级干部赴贫困村任第一书记》就是对这一举措的具体描述。

七品长征久困村，霞光一抹暖焦魂。
初心刻石彪天地，唤醒春风热浪翻。

当作者看到，历史遗留下来的问题，东平湖滩区村民生活贫困得到解决时，即吟诵抒怀《东平湖滩区搬迁有作》：

雨涟湖溢积泥洲，千百滩民苦作舟。
梦里曾经祈福到，眼前已见脱贫筹。
吹来紫气施情意，升起丹霞解困忧。
万户搬迁驱水患，扬鞭致富向康谋。

经过8年的奋战，全国贫困县脱贫，作者由衷地高兴，他写了《闻全国贫困县脱贫喜吟》：

喜讯惊天掠翠空，霓霞绚丽映苍穹。
谁人伟业留寰宇，此辈家山共凯风。
旧寨茅茨容貌变，富民兜袋岁时丰。
莺歌舞步家家乐，广袤神州妙不穷。

这充分体现了一个共产党干部的精神情怀。他是一个农业农村工作者，热爱农村，熟悉农业，关心农民，忧农民之忧、乐农民之乐。他有大量的诗词作品，反映了农村经济、文化的发展和人的精神面貌的变化。章丘的大葱、龙山的小米、周村的烧饼、泗水宋家羊头、沾化的冬枣、金乡的贡米及大蒜等等，真是没有山东农副特产不入诗的。

2020 年全球卷入了新冠肺炎疫情的漩涡。党中央立即组织动员全党、全军、全国人民，用 3 个月的时间打赢了武汉保卫战，在全国范围内控制住了疫情，恢复了社会生产和生活，得到了全世界的肯定和赞扬。对于这一重大的历史性事件，作者用他的诗词进行了跟踪式的反映。《全国聚力斗毒魔》《为白衣天使壮行二首》《山东女医生剪发抗疫》《江城子·抗击疫情感吟》《为伉俪并肩抗疫颂吟》《贺李兰娟院士研发抗疫药物》《赞鲁南制药义捐千万元药品》《赞基层抗疫干部》《闻二神山医院建设者拒领薪》《闻泰安聊城新冠患者清零》《抗疫复工即景》《援武汉抗疫医疗队凯旋》《抗疫辨识制度优劣》《痛悼齐鲁医院援鄂天使张静静》《武汉解封鄂路开通喜赞》……一篇篇，一首首，歌颂抗疫中的医生、护士、工人、专家、战士、干部、党团员不畏牺牲、不记报酬、争先恐后、忘我奋斗的精神，令人悲乐杂陈，感人肺腑，诗乎？史乎？林先生的诗词反映了一个时代的精神面貌。

三、深沉的群众意识

深沉的群众意识，是林先生诗词作品的又一个突出的特征。中国特色的社会主义建设，离不开各条战线上广大人民群众艰苦奋斗的努力实践。他用诗词反映各条战线上的共产党员、干部、院士、农业科学家等的事迹。一首《高产玉米大王李登海》：

有志科研始少年，痴迷育种鬓霜鬈。
专心追梦风尘里，投体良田日月边。
勇越先锋齐耸岭，幸同稻父共并肩。
掖单蜀黍留青史，稳固根基玉米川。

吟诵了一位农民科学家向美国先锋种子公司挑战，培育出领先世界的掖单系列紧凑型高产夏玉米品种。

他还尽情地吟诵劳动模范、农民工、挑山工、环卫工、农机手、快递员、外卖小哥等的辛勤劳作。如《赞小区环卫工》：

殷勤四季献芳华，挥舞笤箕伴雾霞。
纸叶尘灰齐略获，家园舒适众声嘉。

作者用诗词热情地歌颂众多新时代建设者的高贵品质和光辉精神。人民，是我们这个时代的主人，他们的实践活动，是时代的主旋律。林先生是一个描写劳动者的党员诗人，是属于这个时代的，是属于人民的。

四、深挚的纯真情感

诗贵情真，林先生是一个情感深厚而丰富的人，这表现在许多方面。

（一）浓浓的山水情

林先生热爱党、热爱祖国、热爱人民。他像历史上许多诗人一样，热爱祖国的大好河山，在他的笔下，山山水水皆有情。

看他笔下的《天涯海角》：

海角天边是吾家，遥遥无际望三沙。
南洋蓝水疆域阔，祈愿长青四季花。

这是一首情意深远的诗作，其旨不在景，而在情。首句“海角天边是吾家”，没有写海的浪花，也没有写海边的巨石和沙滩，却告诉我们这里“是吾家”。读这一句，我不禁想起四海为家的苏东坡及他的爱妾朝云。朝云说过“此心安处是吾乡”。苏东坡在《浣溪沙·自适》词中有一句“此心安处是菟裘”，表达了诗人的旷达胸怀。而林先生的情怀更比苏东坡深远，他表达的是家国情怀。尤其是第二句“遥遥无际望三沙”，可以看出他的心中装的是南海的风云，是祖国边疆的安稳。最后一句“祈愿长青四季花”，用形象的语言表达他的愿望。

2013 年 5 月，林先生去台湾，写了《登台湾宝岛》：

梦寐以求登宝岛，恰如故地又回还。
山河熟悉风温润，兄弟亲慈脸妙颜。
国土富饶乡梓月，族基稳固国门湾。
情连佳处何时统，关隘千重只等闲。

前两句写登宝岛是久已梦求之事，而一旦登上，犹如回到故地。原因是“山河熟悉，兄弟亲慈”。他接着写，富饶的土地本就是祖国的南大门，对祖国的统一信心满满。可以看出，林先生的诗是以情见长的。

再看一例,《太行山上小村庄》:

村庄点点卧山腰,好似随风落叶飘。
昔日穷乡尘绝世,而今旅友涌如潮。

前两句是写太行山上村庄的小、散、闭塞的环境,是一种静态的美。下面的两句是写变化,昔日穷乡僻壤,现在游人如潮,是动态美。他没有写村中的情况,而是让读者去想象。言简意赅,用形象说话,正是诗旨。

(二)厚重的历史情结

林先生热爱历史传统文化,他的诗词许多是写历史遗存、文化古迹。通过这些作品,我们可以体会到他的思古之幽情。如《白帝城有感》写道:

白帝城中久念思,豪英正义赤忠姿。
旅踪韵士常祈祀,满目沧桑水月知。

作者登上峰巅的白帝城,没有写这里的红墙绿树,令他怀念的是刘备阵营中一批将士的忠心赤胆。读后,我们获得的是悠远厚重的历史感。特别是最后一句,含蓄、蕴藉,尤耐寻味。

再如《途经昭君村》:

明妃村卧香溪畔,峻岭崇山景色辉。
小邑青岩皇戚住,穷郊僻壤凤凰飞。
虽为淑女留乡味,堪比须眉盼国归。
出塞省亲回故地,项珠落水碧芬菲。

昭君村在湖北兴县南郊宝坪村,因王昭君生于此而得名。诗的前两句写该村背靠纱帽山、前临香溪河的地理环境。三四句写昭君出生在这里,村中多数人是她亲裔。五六句写昭君热爱家乡,为了江山安危,自愿出塞,到匈奴和亲。末两句写昭君和亲后曾回故地,投项链泪洒香溪河的传说。整首诗脉络清晰,用事精当,字字皆有所指,既有赞许,又有同情。这首诗律整词严,韵味悠长,深得七律要旨。林先生此类作品甚多,不能一一列举。

(三)纯真的亲情

诗贵情真,林先生对同事、对朋友、对父母、对亲戚、对子孙一片赤情，他的思念、悼念、祝贺等类诗作尤其感人。兹举两例，比如，《听老伴唠叨》：

唠叨初始似熬煎，日久听来顺自然。
感觉恰如音乐美，无声反倒少安眠。

老伴是人生的伴侣，终身相伴，相濡以沫，无顾无忌。唠叨是出于爱心，反反复复，不绝如缕，初听起来烦人，但日久也就习惯了，再久就像音乐之美，不可或缺，若听不到老伴的唠叨，倒是无法入眠了。感受的变化，真实自然，真乃人间好诗。

再如，《母亲节感怀》：

泪雨纷飞梦断魂，终生滋润母慈恩。
三春晖映浮云路，飘泊天涯落地根。

母亲对子女的爱是大爱无边，体现在养育和教育上。子女走遍天涯能平安无事，是因为不忘母亲的教诲。子女最终的期望，是回到母亲的身边，落叶归根，这是人生的至理。在林先生的笔下，平实、自然、真挚，如行云流水，声韵绕梁，读来感人。

林建华先生是山东诗词学会的骨干力量，是一位多产的诗人。笔者才疏学浅，以此粗陋的文字，很难反映先生大作的全貌。我相信，在这个波澜壮阔的新时代里，他会有更多的精品佳作奉献给这个社会，奉献给广大的诗友们。

2020 年 12 月

（张延龙先生，中华诗词学会会员，华文作家协会会员，中国国学研究会研究员，济南作家协会会员，山东老干部诗词学会原会长、现名誉会长，《诗坛》原主编）

目　录

东鲁观澜

九鼎行旅

长歌吟风

五洲风云

气宇英姿

明月情思

东鲁观澜

乘气垫船游黄河入海口

波涛万叠链苍穹，
气垫腾升跃半空。
河口浩茫随我逸，
驾云欲醉耳生风。

注：1994 年乘坐垦利县引进的气垫船，考察黄河入海口。

览海湾口占

海鸥玉絮李花飞，
百舸争流旐带挥。
烟水湛蓝连一色，
投身恨不浴澄晖。

东营新印象

九夏新城水浩茫，
神州湿地起东方。
荷莲芦雪连天畔，
鹭鹤鱼鹅闹堰塘。
柳蜡飘悠迷目翠，
稻花烂漫扑衣香。
今非昔比更容貌，
霓彩油城展辩煌。

走近智慧农业（新韵）

田园广袤色斑斓，
稼穑安闲赛九仙。
传统农桑投体力，
而今育菜靠通联。
水肥一事涓流灌，
湿暖多般意念间。
智慧真实非梦幻，
神灵换取锦屏川。

加快农业高科技推广

莫测大千堪窍妙，
绝伦梦幻太神奇。
基因移转增粮产，
胚体多分复畜儿。
生物推开新梦境，
科研应用远无涯。
九州普及差池在，
腾越扬鞭快马追。

1994 年 8 月

蔬菜大棚赞

波光浩淼景无边，
疑是平原涌海涟。
敢问何人神妙笔？
暖冬四季果蔬鲜。

2002 年 2 月

观机械插秧感吟

原野泥浆弥沃田，
郊畦绿浪逐风烟。
异时穑苦栽香稻，
今日机勤织锦川。
阡陌条条五线谱，
铁牛阵阵伴声弦。
仙园秀色清光美，
现代音符长跸旋。

2020 年 5 月

耕　海

水空一色连乾宇，
碧海苍茫画陌阡。
舢板犁波耕丽影，
欢歌弄浪动心弦。
开天洋面风光秀，
浅域湾中参贝鲜。
梦幻神奇旻地变，
千年渔业谱新篇。

2003 年 6 月

注：山东沿海地区开发海洋资源，在近海开展了大规模的海水人工养殖业，取得了辉煌的成就。

兰陵国家农业公园

靓姝村畽展旌旗，
稼穑科研首出奇。
阡陌音符无限美，
园林霞彩几多姿。
春农情趣怀希冀，
秋获甘芳念浩思。
硕果盈仓蓬勃景，
欢歌飞处尽成诗。

观赏南瓜园

千姿百态垂藤蔓，
雀跃飘摇吊半空。
仙果玲珑何处降？
疑迷身处幻尘中。

2019 年 6 月

黄瓜顶花辨析

谣风瓜果顶花言，
人用药催撒菜园。
躬体栽培亲验证，
无劳激素自然繁。

2018 年 7 月

栖霞果树改造工程

瓶培钵育起婆娑，
红果娇姿遍北坡。
追逐东风香味馥，
乡村激奋响山歌。

2019 年 7 月

寿光菜博会

霞光彩锦宛虹飞，
春色飘扬满苑菲。
藤蔓虬龙天地绕，
繁花舞凤日星辉。
菜香扑面人常醉，
果媚奇姿世罕稀。
仙降巧工描美景，
丹青画卷促吾归。

2008 年 5 月

小麦机收实景

炎暑骄阳灼气天，
铁流滚滚漫硝烟。
东奔西串收黄浪，
北战南征扫绿川。
千古牙镰年寿尽，
当今器械俚歌旋。
穑夫树荫烹香茗，
坐等金银入囤圈。

夏收风景三首

一

炎蒸酷毒绿莹煌，
麦陇无边滚滚黄。
原野丰盈佳色美，
欢歌鼓瑟送清香。

二

凯风回荡麦浮黄，
遍野氤氲日影长。
欢喜穑夫忙获刈，
相期丰硕浩歌飏。

三

迎面熏风麦浪香，
铁牛入画骋驰忙。
农夫品茗荫凉下，
亿粒黄金聚满仓。

2020 年 5 月

种粮补贴有寄

春风雨露艳阳天，
种地甄酬补贴钱。
亿万耕夫非梦境，
中华万代史无前。

2004 年 10 月

取消农业税二首

一

春雷悦耳惊天地，
亘古农税尽免除。
穑者欣欢形喜色，
奔康之路再通疏。

二

田赋皇粮延亘古，
废除农税在今朝。
难逢千载农家福，
举觯高歌泪似潮。

2006 年 1 月

注：2005 年 12 月 29 日，全国人大常委会发布《农业税条例》全面取消农业税。

农村土地确权登记颁证

田权明确颁书证，
一剂良谋定稼心，
政策英明基础固，
千秋万代共讴吟。

2012 年 5 月

农民合作社

穷山有彩破愁难，
领引乡亲聚一团。
漫点键盘联货贾，
轻移鼠器下期单。
携扶闯荡江湖客，
合力耕耘岁月汗。
不觉富饶钱袋满，
笙歌缭绕举村欢。

2013 年 6 月

新农村新社区

盛世春风滋大地，
穷庄僻壤貌容更。
社区栋栋琼楼立，
院落重重翠幄荣。
红瓦白墙犹彩锦，
林荫溪澧似蓬瀛。
初心依旧山乡变，
强国安民阔道行。

2017 年 6 月

赶集所闻

祖上游圩迄至今，
农人半夜盼鸡鸣。
穑夫赶集非专利，
市友巡街是赏寻。
微信二维收付款，
民居屡次悦怡心。
如君分辨城乡别，
请看能支多少金。

2018 年 10 月

山村民宿

山腰青翠掩红庐，
袅袅炊烟缭绕疏。
晨映门楣多悄静，
夕涂彩墨备温舒。
友朋假道三江客，
宿宴闻名一夜居。
亘古开天奇妙事，
城乡无别两相如。

2016 年 9 月

农民丰收节庆

秋分金黍穑夫忙，
广袤原田万粟香。
械具轰鸣弦乐奏，
牧区嘶啸赞歌飏。
囤盈福满人陶醉，
画意诗飞村丽芳。
举国齐欢农节庆，
蹁跹激奋彩旌扬。

2019 年 9 月

赞登海种业

似丹金粒傲全球，
百炼千锤五十秋。
玉黍大王登海志，
种良魁首创先优。

2019 年 7 月

注：李登海，农民发明家、农业科学家。他主持选育的“掖单”系列玉米新品种，获国家科技进步奖一等奖。他是世界夏玉米高产纪录的保持者，被称为“中国紧凑型杂交玉米之父”，与“杂交水稻之父”袁隆平齐名，共享“南袁北李”的美誉。

全省国庆农民书画展

秋野旌摇锣鼓喧，
书香韵彩沁乡村。
彰舒穑稼堂皇色，
刻画民风奋斗痕。
浓墨挥毫描路迹，
丹青铺纸赞家园。
云高国庆添霓丽，
歌舞蒸腾热浪翻。

2019 年 9 月

赞叹农民画

广袤田园放艳葩，
浓颜墨彩出农家。
讴歌康富吟新貌，
天下扬名走海涯。

2019 年 9 月

考察配送大厨房

鸢都惊现大厨房，
架柜盈堂料满仓。
配送轻车流动快，
供需会话叙谈长。
购销便捷行风雨，
到达应时无界疆。
宴客手机微信到，
庖屋坐等食鲜香。

2019 年 11 月

注：中百大厨房是潍坊百货集团股份公司下属配送精加工鲜食产品的现代企业。每天配送果蔬、肉蛋等鲜食产品 600 多吨，一年配送的营业额达 20 多亿元，受到各方商家和百姓的欢迎。

感吟地摊经济二首

一

效谋一策中枢筹，
云凤重生翱九州，
再现地摊星密布，
人间烟火泛仙舟。

二

谋财救市出商招，
火爆街摊涌似潮。
筹划经营须有序，
怎能叫卖“客厅”器。

访　贫

峰叠山苍见一庄，
青岩卵石建村房。
风霜难挡家徒壁，
苦从心生泪眼汪。

1998 年 9 月

注：1997 年在省农委分管扶贫工作后，目睹沂蒙山贫苦农户，禁不住泪水喷涌，深感责任重大，担子沉重！

钗头凤·脱贫攻坚

初心旧，朱蹄骤，欲圆诗梦攻坚久。步同行，号声扬。铲除穷根，脱贫奔康。祥，祥。

青山茂，田园秀，遍乡春色新居诱。惠风飏，穑人慷。告别贫穷，万众高亢。狂，狂。

处级干部赴贫困村任第一书记

七品长征久困村，
霞光一抹暖焦魂。
初心刻石彪天地，
唤醒春风热浪翻。

东平湖滩区搬迁有作

雨涟湖溢积泥洲，
千百滩民苦作舟。
梦里曾经祈福到，
眼前已见脱贫筹。
吹来紫气施情意，
升起丹霞解困忧。
万户搬迁驱水患，
扬鞭致富向康谋。

精准扶贫赞

刨除痼疾斩穷根，
精确帮扶石刻痕。
集力运筹谋创业，
克难致富扭乾坤。

脱贫奔小康

僻壤山村见瑞光，
苦穷落后有人帮。
扶贫大略神州振，
济困长谋万众昂。
笑语新居腾热焰，
祥烟绮梦竞芬芳。
勤身创业生财路，
催马挥鞭向小康。

乡村小康吟

惊雷交响春潮涌，
幻梦成真喜气扬。
三产合融盈币库，
四邻亲近聚楼房。
居家路网同心韵，
行旅田园丽影光。
九域喧腾披彩锦，
穑夫欢笑庆丰康。

闻全国贫困县脱贫喜吟

喜讯惊天掠翠空，
霓霞绚丽映苍穹。
谁人伟业留寰宇，
此辈家山共凯风。
旧寨茅茨容貌变，
富民兜袋岁时丰。
莺歌舞步家家乐，
广袤神州妙不穷。

农民合作社分红有寄

往年合作有存疑，
遭遇瘟神利不知。
翘首日来新岁月，
揪心空去久寻思。
分成呼唤收钞醉，
笑向乾坤把酒禧。
翠鹊和鸣村寨乐，
乡民劲舞诵传奇。

赞乡村振兴战略

振兴战略似春风，
唤醒山庄脱困穷。
三产融合城镇化，
千年变幻市乡通。
小楼区社新时代，
庭院花溪亮宇穹。
桐茂招贤云凤立，
朝霞百媚现瞀虹。

2017 年 11 月

咏唐冶新城

古邑东方唐冶宏，
瞬间崛起世人惊。
齐烟一点千般彩，
鹊华三秋万象荣。
豪放稼轩弦碧宇，
狂歌文旅鼓嘉声。
新城妩媚风光美，
甲骨神奇更蜚英。

注：文旅指港沟同创文旅城建设。
甲骨指在历城大辛庄考古挖掘出的甲骨文文物。

章丘大葱吟

戏传大汉抢香葱，
原是鲜甜想就疯。
五尺身高奇旷世，
有缘结识鲁东翁。

参观历城二中有感

校训高悬石刻文，
师生克己苦钼耘。
励精教学成风气，
砥砺人才基在勤。

龙山小米吟

龙山贡米灿黄娇，
历奉京城乐圣朝。
百脉泉滋成正果，
盛名盖世誉如潮。

咏周村烧饼

薄酥清脆扑人香，
芝饼浑圆亮八方。
源自汉胡书史久，
烟村老号誉名扬。

泗水火烧

逆风十里火烧香，
酥脆油滋盛誉飏。
未及朵颐君已醉，
驱车辗转赴仙乡。

泗水名吃宋家羊头

源明烹煮制颇鲜，
清帝垂涎宠盛传。
老宋秘方奇特料，
沾淋风味入章篇。

金乡贡米

虽无寸宝曰金乡，
贡米丹黄盛誉扬。
粟粒浑圆殊色彩，
谷园胜地散清香。

金乡蒜都吟

虚传凿土获黄金，
宝地真实遍野银。
玉瓣莹白销世界，
蒜都汇聚五洲宾。

注：古传金乡因为凿土得金而得名，其实这里并没有金矿，真实的是遍地白蒜换银来。

山东梆子溯源

菊坛海右梆音声，
古邑渊源出调惊。
发自中都输绝唱，
东梨传布九州鸣。

注：山东梆子起源于汶上梆子。1952 年，正式定名为“山东梆子”。

宁阳柳琴戏

源清苏鲁盛宁阳，
婉转悠扬柳戏昌。
乡土拉魂村叟醉，
飞花遗产艳争芳。

走进阳谷

峥嵘风月过千年，
玄幻神奇尽绛烟。
伏虎景阳威武汉，
降顽狮阁大名传。
诗魂酱酒飞尘外，
客梦乡歌到日边。
桑梓钟灵鸿鹄愿，
时常醉卧亦成仙。

兰陵辣乡

遥遥无际霞晖晕，
扑面茫茫赤浩洋。
香气冲天弥九鼎，
兰陵辣韵似仙乡。

沾化冬枣丰收

凋霜玉露冽凄风，
忽见千园一夜红。
亿万赤珠争相笑，
绝凡奇果妙无穷。

虞美人·翱翔的宁阳

春华秋实昌光好，花绽知多少！故园今世旆旌飞，开创颜乡彩岭、岁增辉。

领头雁奋神姿在，鸿志初心倍。翅摇冲邈又东风，极目一楼一步、向天穹。

幸福柳怀思

甲骨遗存藏宝村，
伟人足迹至今温。
当年旱柳成梁栋，
荫庇繇来世代孙。

注：幸福柳是1959年毛泽东主席视察历城县大辛庄村时的小柳树，现在已成遮天庇荫的大树。

参观万里纪念馆

百战英名成俊彦，
挂牵庶子见情真。
吃粮寻万传天下，
不忘初心倍觉亲。

2019年5月

瞻张自忠将军纪念馆咏怀（新韵）

晋瞻圣殿情沉重，
胸腹激咽挚爱深。
投笔风华奇志骨，
戎装威武寸丹心。
一腔热血驱倭寇，
万古英灵照我身。
故里忠魂垂汉史，
挥鞭追梦后来人。

2019 年 10 月

参观烟台发展规划展览有感

入水燕翔成胜地，
峥嵘历史瑞烟台。
诗篇其过牟莱彩，
现代山城海岛魁。
丘处开元传道教，
八仙过境息风雷。
百川聚纳升能量，
毓秀钟灵景似瑰。

2019 年 7 月

注：入水燕翔，俯瞰烟台城区，就像一只扎入水中的燕子。其过牟莱，是古时烟台的四个国名。身为栖霞人的丘处机在烟台创立了全真道教。

再瞻山东党史馆

东流水韵历沧桑，
散去硝烟尽炫煌。
世纪初心铭刻志，
海枯石泐气轩昂。

2019 年 8 月

省诗词学会邹城培训班有记

亚圣儒乡桑梓田，
承传律韵二千年。
而今大吕春歌起，
邹鲁唐风荡彩烟。

把盏阳谷酒厂

透瓶玉液醉群仙，
香酱金樽韵瑞烟。
不觉数杯穿胃肚，
兴头未尽已明天。

张裕酒郁

巴拿马会收金桂，
香沁颐期绕五洲。
红白四时芳馥郁，
风流千觯意情稠。
齿唇内外常滋味，
体腹之中欲醉遒。
张裕绵长闻浆倒，
葡光神韵洒春秋。

2010 年 6 月

花冠醉

坛中百酿冠群芳，
嘉宴金樽动上皇。
玉液醇柔招墨客，
齐名富贵并清香。

2009 年 7 月

注：花冠，指花冠酒。

赞叹青州云门酒业

青州海岱熙朝繁，
风月千年今古轩。
寿伟魁雄悬峭壁，
云高飞渡跨玄门。
陈香浓郁冲天外，
回味清新沁齿痕。
盛世芬芳游兴醉，
钟情酱液欲销魂。

2019 年 10 月

赞华通科技

大千晶澈有华通，
涤垢还青百世功。
福祉子孙荫万代，
葱茏天地贯长虹。

2019 年 10 月

华通公司水处理有感

科技神奇百事成，
荡污涤垢大千清。
三元催化江河净，
万物繁昌日月明。
山水澄幽临凤苑，
心灵舒畅酿春精。
绿波一曲千秋赞，
无量恩辉世代亨。

2019 年 10 月

引黄济青水务公司赞

自古谁能舞水龙？
江河东调碧涛汹。
岛城滋润翻新色，
胶澳葱青展丽容。
当代奇勋豪气壮，
千秋宏利累劳丰。
巧工水事来侪辈，
立地擎天献技侬。

2019 年 11 月

注：黄江指黄河、长江。开始只是引黄济青，现在是引黄河长江水一起济青。

胶澳，青岛的昔称，1929 年改称青岛市。

览威海美丽乡村环保公司有感

乡村本自然，稼穑百芳鲜。
美丽还原色，清新环保篇。
家园勾彩画，山野欲飞仙。
科技旌旗猎，丹心天地镌。

2019 年 11 月

棘洪滩水库感吟

风瑟云霞水影光，
烟笼浩淼碧流长。
湖容乃大江河汇，
情灌胶湾着绿妆。

2019 年 11 月

注：棘洪滩水库位于青岛胶州市，是亚洲最大的人造堤坝平原水库，容纳引黄引江济青调水，总库容达 1.4 亿立方米，被誉为“亚洲明珠”。

曹县鲁艺木业公司

鲁木神奇妙术弘，
名扬世界亦称雄。
传承工艺靡当代，
恰似西南一彩虹。

2020 年 5 月

山东惠和文旅公司

山东好客鲁西南，
业态纷繁具蕴涵。
打造人间仙境美，
流连欲醉尽长酣。

2020 年 5 月

山东伟民农机公司颂

田业辛劳亘代愁，
乡夫梦幻几时畴。
伟民问世应天命，
机械催生有铁牛。
传统已非农事变，
现今此是穑家悠。
全程服务齐交赞，
助力登丰岁廪收。

2020 年 5 月

山东大正建筑管理公司

监理金鞭独一枝，
高楼千丈固崇基。
热情四海功昭著，
信誉三江万古碑。

2020 年 5 月

山东悦达置业公司

鲁苏联手起波澜，
商海奇葩欲卓冠。
悦达品牌朝日亮，
筑营广厦众民欢。

2020 年 5 月

感慨水发集团卓功

水发冲霄耀宇寰，
奇功卓著刻人间。
降龙霸气雄风在，
险恶狂澜只等闲。

麦德森公司党建兴企有感

心向朝阳别样天，
昌荣一片尽清鲜。
初衷没齿铮铮语，
岂意垂光浩浩烟。
上下赤诚奔舜日，
纵横青史入尧年。
德森党建兴鸿业，
世纪皇皇刻玉篇。

九鼎行旅

登滕王阁

阁楼挺耸伴霜晨，
俯瞰时光赣水粼。
序记三王瑰伟特，
霞涂千载绮纷缤。
梁雕辉映浮涓露，
檐斗雄浑照静尘。
圣子滕宗皆不见，
啸风砥砺更弘新。

2009 年 6 月

注：王勃、王仲舒、王绪“三王”曾分别为滕王阁作序、赋、记。韩愈曾在《新修滕王阁记》中写道：“江南多临观之美，而滕王阁独为第一，有瑰伟绝特之称。”

赞叹义乌市场

盆地金衢山拥抱，
异军突起竞争驰。
往来聚散神奇事，
悲喜荣枯光彩仪。
店铺有形牵九鼎，
电商无影树旌旗。
而今浩荡行寰宇，
改革飓风劲疾吹。

2009 年 7 月

颂西柏坡新中国发祥地

滹沱河北山村小，
大略谋筹西柏坡。
领袖气昂挥巨手，
九州齐奏凯旋歌。

2005 年 2 月

西柏坡忆初心（新韵）

进京赶考出发地，
西柏坡中发号声。
岁月峥嵘多磨砺，
初心依旧更忠诚。

2019 年 10 月

游吐鲁番葡萄沟

酷暑番沟顿觉凉，
绿珠摇逸醉心房。
微风翠幕遮清影，
乐舞飞天伴炜煌。

观坎儿井（新韵）

神工巧布迷糊圈，
丝网罗织醴水涓。
甘露潺潺润大地，
茫茫戈壁锦屏川。

交河故城

战火疮痍都护府，
故关西域两千年。
当初丝路城中过，
遗址何时乐舞旋。

爬火焰山

不惧炎炎兴致高，
探寻神话忍煎熬。
多亏蕉扇孙猴舞，
四海游人任意遨。

祭黄帝陵（新韵）

龙驭桥山地，轩辕卧寝陵。
古松苍浩气，黄草蕴精灵。
部落离蛮野，华族始典明。
丰功垂后世，万代祭诗声。

2003 年 3 月

观兵马俑

秦俑神威气势宏，
鲸吞四宇古豪英。
待机卧隐千年久，
号令来时再出征。

2006 年 8 月

大唐芙蓉园二首

一

踏入瑶台如梦境，
仿真身在凤池洲。
昔时烟柳芙蓉地，
今夜星花明月楼。
宫殿辉煌金媲美，
榭廊蜿蝘彩横流。
曲江武媚丰姿秀，
胜景隋唐历史悠。

二

年光穿越千多载，
御院恢宏圣迹池。
巧匠能工才绝妙，
烟霞丽影景灵奇。
古时君帝随心入，
今日平民尽意驰。
华夏遗芳传后世，
唐龙子嗣忆前思。

2006 年 8 月

龙门石窟

武后佛仪雕石窟，
摩崖瑰宝越千年。
夕霞旭日涂风采，
满目乾坤已变迁。

2006 年 10 月

郭亮挂壁公路

悬亘青崖挂半空，
飘摇魂荡乱云中。
万仙惊诧神奇事，
郭亮从而天下雄。

2017 年 10 月

九寨沟瀑布

网缀银河飘满壑，
高崖峭壁尽流川。
观光何必描虚幻，
九寨飞花赛九天。

2008 年 7 月

玉龙雪山

云山插翅上青天，
脚下缠绵体似悬。
银甲朦胧迷四季，
玉龙腾跃梦魂旋。

2008 年 7 月

三星堆遗址

三星熠熠彩霓光，
四千逾年日月长。
遗址惊人原始夏，
神奇瑰玮尽迷茫。

金沙遗址

本纪之初神鸟鸣，
三千岁久嗅其声。
太阳古蜀春秋亮，
世代留遗出艳晶。

都江水堰

岷江都堰峻流旋，
一座丰碑耸万年。
千世悬河冰整治，
灌城水色润山川。

哈尔滨冰雕

天工雕刻皓苍穹，
剔透晶莹碧玉宫。
恍似身处瑶阙境，
逸游童话幻形中。

2009 年 1 月

云冈石窟（新韵）

窟洞神工百丈岩，
魏隋盛貌印容颜。
壁山鳞比佛阁众，
抖擞沧桑度岁年。

2009 年 8 月

悬空寺

巧夺天工悬古寺，
层层叠叠入云端。
千年壁挂雄姿在，
三教融和耀绮峦。

2009 年 8 月

杜甫草堂前思

秋风所破几重茅，
念挂寰中素士巢。
不为己身图广厦，
后生向往墅农郊。

惊奇曾侯乙编钟

沉盖千年天日见，
恢宏气势贯全球。
黄钟大吕曾家律，
侯乙非能独自留。

2010 年 10 月

谒拜海瑞墓二首

一

铁筋侠骨铮铮响，
直谏清廉气血刚。
沥血金陵乘鹤去，
冲霄豪志地天长。

二

谏言激越犹悬耳，
铮骨廉臣刻口碑。
驾鹤香飞祠庙伟，
滨涯正气万年垂。

2007 年 4 月

注：滨涯，海瑞墓所在地海口市西郊滨涯村。

博鳌论坛

荒茅海岸起坛场，
亚细精英聚一堂。
纵论五洲天下事，
乾坤风雨覆苍黄。

天涯海角

海角天边是吾家，
遥遥无际望三沙。
南洋蓝水疆域阔，
祈愿长青四季花。

登宝岛台湾

梦寐以求登宝岛，
恰如故地又回还。
山河熟悉风温润，
兄弟亲慈脸妙颜。
国土富饶乡梓月，
族基稳固国门湾。
情连佳处何时统，
关隘千重只等闲。

2013 年 5 月

林芝赛九寨

雪域高原侥异称，
林芝苍翠少寒冰。
并肩九寨葱茏丽，
几度流连醉逸兴。

2013 年 8 月

纳木错湖

仰头瞭望阔天途，
纳木烟波碧翠湖。
蓝湛接连唐古雪，
彩衣牦丑长嘶呼。

2013 年 8 月

秋夜抵渝

夜幕秋凉进雾州，
山城灯火照江流。
廿年巨变时迁换，
顿觉轻松消累愁。

2016 年 10 月

观三星堆金沙遗址展览

四千年久留遗址，
亘古情怀列子痴。
史记绵绵雄起梦，
沧桑灿灿景明诗。
悠悠岁月生奇迹，
甸甸文明展彩姿。
精物镌铭华夏谱，
振兴之路竞飙驰。

2017 年 8 月

登荆州古城

荆州九郡盛名芳，
战国环围汉垒墙。
六帝封侯争郢市，
三雄破敌猎沙场。
贤人登踏诗歌传，
志士鏖拼锦旆扬。
城古沧桑天地久，
一砖一瓦透辉煌。

2017 年 11 月

再登黄鹤楼

转瞬已是廿年头，
丁酉重登黄鹤楼。
仙鹊返还吴楚域，
古都迎送鼓锣稠。
江城妙画浮三镇，
水阁新篇耀九州。
商序出行何处去，
烟波岸北故园游。

2017 年 11 月

谒拜屈原祠

秭归汨北故山冲，
谒拜清臣楚烈公。
殉国投江风骨在，
崇高操守似烟虹。

2017 年 11 月

水调歌头·三峡大坝

船出武昌口，三峡逆潮游。壮观长坝，宏闸横断耸江头。湖漾霓霞映照，山叠层林尽染，峡水似虹绸。舟在波中荡，旅者梦中悠。

河神惊，龙王动，变夷州。峡宽湖阔，旧貌易色库新修。谁有雄心壮魄，尚见蓝图宏伟，风掠万帆舟。神圣在当世，碑立万千秋。

2017 年 11 月

途经昭君村

明妃村卧香溪畔，
峻岭崇山景色辉。
小邑青岩皇戚住，
穷郊僻壤凤凰飞。
虽为淑女留乡味，
堪比须眉盼国归。
出塞省亲回故地，
项珠落水碧芬菲。

2017 年 11 月

奇异神农架

炎帝神农地，森林莫是奇。
冰凌春夏景，潮汐蹑潜涯。
动物遭仙白，毛人靠竹支。
慕名来探秘，吾想解难疑。

2017 年 11 月

白帝城有感

白帝城中久念思，
豪英正义赤忠姿。
旅踪韵士常祈祀，
满目沧桑水月知。

2017 年 11 月

大美神女溪

巫岭漂旋神女至，
峡中之峡显灵奇。
峭崖尽势闻流韵，
峰壑无形笑弄姿。
一步二川三处亮，
八徊九转十人痴。
小溪如下成江道，
江库金堤出妙仪。

2017 年 11 月

登白帝城望夔门

白帝登闻瞿峡声，
塘边奉节岭巅城。
遥观斧仞夔门立，
近望都孤列岸生。
双壁拦江浮魅影，
拾阶拜庙劲环行。
旋湾涌激银花泻，
轻舸翻飞万里程。

2017 年 11 月

蝶恋花·歌乐山缅怀

歌乐山峰云荡漾。风雨来时，万籁齐鸣响。欲问原因何所状。英灵魂魄歌悲壮。

渣洞白牢鲜血漾。化作长虹，光彩千秋亮。慰报先贤歌纵唱。千年盛世民欢畅。

2017 年 11 月

走进渣滓洞

阴凄瘆骨灰楼暗，
鲜血涂泥印迹斑。
先烈啸呼犹在耳，
精诚信仰映青山。

参观白公馆

怆凄公馆半山悬，
隐约腥风起涧烟。
萝卜头真形影幌，
先驱悲烈壮诗篇。

观清明公祭轩辕黄帝陵

五帝三皇由始起，
道尊典范立中华。
振兴大梦求邦统，
民族巍峨冉曙霞。

2018 年 4 月

殷墟遗址

走进殷墟心震撼，
时光流转数千年。
仰观甲骨门楣亮，
俯瞰宫陵岁月烟。
司母青铜齐摆列，
古车骏马乱钩牵。
稀珍遗产传来世，
开创文明达顶巅。

2018 年 10 月

再游重庆

挥间二十年，府色史无前。
荒岭生风月，泥都化雾烟。
云楼峰顶起，轻轨厦中穿。
景美山城秀，游人醉欲仙。

2017 年 11 月

红旗渠精神赞

红旗渠水泄中天，
盘古崇宏酿圣篇。
艰苦垂成收硕果，
惊魂奇迹史无前。

2018 年 10 月

注：太行山又名盘古山。

赞叹红旗渠

盘古巍峨换鬓颜，
飞来玉带绕山环。
英雄征战临风秀，
渠干蜿蜒转岭弯。
巨莽激扬翻水浪，
银河倾泄落人间。
林州儿女创奇迹，
改变家乡动地寰。

2018 年 10 月

太行大峡谷

太行逶迤峡雄奇，
云乱飞流风疾驰。
葱绿瀑珠镶峭壁，
溅来点滴赋成诗。

2018 年 10 月

太行山上小村庄

村庄点点卧山腰，
好似随风落叶飘。
昔日穷乡尘绝世，
而今旅友涌如潮。

2018 年 10 月

光影故宫

堂皇紫禁圣姿妆，
丹壁檐翘气宇昂。
射月烛摇霓丽影，
流萤人醉绮文光。
华灯岚彩飘清景，
雄殿仙瑶发暗香。
古色春来花满树，
风箫盛誉万年芳。

2019 年 10 月

高铁腾飞步韵嵩峰先生

铁轨神州一线牵，
长龙腾跃履平川。
中华昂首飞寰宇，
科技昌盛亮昊天。

2019 年 3 月

高铁吟

一夜忽如山海变，
蜚龙恰似世尘悬。
万重景致须时过，
千里京宁当日圈。
吾欲乘风游宇宙，
仙将驾雾降云天。
高歌伟业嘉声起，
胜境奇勋捷报传。

贺良渚遗址申遗成功

申遗古址多磨难，
朝杖风云得认同。
华夏文明彪炳史，
千秋光彩耀苍穹。

2019 年 7 月

感吟大兴国际机场投运

凤凰展翅翔寰宇，
嘹亮笙歌绕五洲。
我欲驾云天海去，
大兴威武最风流。

2019 年 9 月

晨游石家庄红崖谷

霞映门楣亲古镇，
红崖幽谷雾烟飘。
蜿蜒檐影通山顶，
秋暮莺啼尽意逍。

2019 年 10 月

壶口桃花汛

狂涛喷泄宇寰惊，
烟雾飞流万里盈。
两岸润蒸华不住，
阳春怒放漫山荣。

咏开封

古邑东都叠摞城，
四千岁月尽奇惊。
八朝屹立垂青史，
当代幽香丹紫荣。
豫剧初时缭九鼎，
河图过日动三京。
革新物阜龙腾跃，
万种风情举世名。

珠峰竞高程

珠峰高耸刺天庭，
冰雪峥嵘显圣灵。
俯瞰寰球奇竞秀，
乾坤超越不凝停。

注：1975 年中国测得珠峰高度为 8848.13 米，被世界公认。2020 年 12 月 8 日，中尼共同宣布珠穆朗玛峰最新高程为 8848.86 米。

长歌吟风

明湖朝霞

朝阳湖靓丽，亭影碧荷灵。
画舫披霞彩，微风醉不醒。

2018 年 8 月

仲夏泛舟大明湖

携孙乘艄画中徉，
碧水清粼秀色祥。
湖漫青烟飘渺起，
鱼穿白浪跳嬉翔。
莲花倩俏浮光彩，
垂柳葱灵影蹈扬。
鹭点银涛无限美，
遥瞻亭榭醉心房。

鹊华图颂

俯瞰双河日夜流，
紫云缭绕郁清幽。
莲湖微露瑶池影，
雾雨张纾阆苑秋。
九点齐烟华不注，
一图山色誉神州。
情痴游客皆如醉，
华鹊嘉招万世悠。

注：双河，指华山在黄河和小清河中间。莲湖，唐代华山四周水域称“莲子湖”。一图，赵孟頫所绘《鹊华秋色图》。

陪友登超然楼

友朋夏日登超然，
极目泉城朗朗天。
近水亭台花木郁，
琼楼岁月浪波旋。
百年神韵吟豪放，
现代风光醉画笺。
浩淼大明湖湛碧，
愉怡心旷欲成仙。

再登超然楼

秋华映照大明洲，
荷气氤氲香入楼。
极目风光诗画意，
一泓湖水作甄酬。

喜闻济南醴泉过千而吟

济南明贴出新篇，
嘉醴潺涓始过千。
浩浩誉名先代赋，
洋洋流世一城泉。
云蒸雾润浮晴昼，
日射霞飞映碧天。
湍瀑晶莹无尽美，
倾盆珠玉入诗笺。

泉城家家涌泉

醴水潺潺日夜欢，
穿街出户千渠湍。
叮咚声誉神州地，
千百遐思尽颂叹。

游济西国家湿地

济西碧水向苍茫，
湿地清幽绕暗廊。
烟柳画桥千顷绿，
风帘翠幕百川长。
蒹葭莽莽浮湖影，
莲荷层层溢堰塘。
盛世天成多逸韵，
泉城无处不新装。

2019 年 4 月

济西湿地芦花荡

广袤芦花无尽际，
铺天迎面絮花嬉，
犹如银屑镶疆域，
湿地苍茫赛玉池。

船游济南湿地芦花荡

一舟飘荡叠纹波，
穿越芦花水巷歌。
聚汇三源完叙梦，
浪沤飞溅逗天鹅。

注：三源，湿地之水源于黄河、长江及泰山之水。

观济南龙舟大赛

明湖柳摆荷尖俏，
龙首飞舟水上飚。
粽蜜艾香随浪涌，
逐追楚瑟勇夫枭。

遥望齐长城遗址

蜿蜒隐现草烟中，
仍见雄姿不尽穷。
印记平民酸与泪，
划痕古国雾和虹。
残垣无数惊飙事，
旧址千年爽气风。
史迹苍苍崎曲状，
恰如巨虺入玄穹。

登齐长城遗址

城垣断雾中，攀岭亦身躬。
隘口连云海，台基立朔风。
千年遗迹久，世代旧痕穷。
复醒青龙舞，腾空画玉虹。

解放阁二首

一

烽烟血迹凝前壁，
岿望长青万古碑。
雄峙高阁辉日月，
春秋索绕世遥祠。

二

登阶礼拜心沉重，
耳畔嘶鸣斩戮声。
躯骨铺开新世纪，
阁悬巍峻祭群英。

2006 年 9 月

龙山黑陶赞（新韵）

艺陶黑彩醉龙山，
千载传承晓世间。
硬似青瓷声似磬，
薄如白纸重如棉。
并肩滑润乌同色，
交臂流光玉比颜。
城子崖名添魅力，
章丘荣赫动区寰。

易安吟

桑梓芳年百脉滋，
溪亭迷路独乡词。
荷塘争渡先端发，
婉约东风五丈旗。

注：李清照十几岁就出诗作词崭露头角。但她16岁离开济南章丘时，仅为家乡留下了一首《如梦令》。

访李清照故居

别才千古神奇女，
不让须眉巾帼骄。
留世幽香长赋颂，
擅名雅韵久环缭。
凭栏望北凄清志，
回首巡南婉约潮。
识远情衷高一格，
词宗豪迈尽光昭。

古平陵城有作（新韵）

平陵远代济南城，
千载非遗日月晶。
史记桓公帮庶配，
诗书莽曹有君名。
黑陶故府流天下，
青铁之都锻汉庭。
古邑杰英滋育处，
醴泉遍地玉珠明。

注：《说苑·贵德》记载：齐桓公到平陵帮助有9个儿子的老翁找儿媳妇。王莽是平陵城人，曹操曾在平陵城任济南国相国。

大辛庄甲骨文幽思

甲骨辛庄出史前，
殷商与此并齐肩。
龟辞神妙三千载，
古邑朝昏百万天。
魁宝铭文知逸事，
澄明疑雾驱谜烟。
一掀掘地惊寰宇，
豪婉新城盛世传。

谒鲍叔牙陵墓

高风齐相一牙公，
贤德千秋显恪忠。
管鲍交殊胸坦荡，
召陵盟就国成功。
尘封悬案纷繁事，
凉浸传书衰盛中。
藤杖青幽遮冢墓，
谒躬不尽礼行匆。

炫彩涵玉翠岭（新韵）

落木层林萧瑟寒，
唯独涵玉色斑斓。
红黄炫彩心头醉，
晕染风光在舍园。

2019 年 11 月

注：涵玉翠岭是笔者居住的小区。

章丘袭家封村古商道遐思

似乎涵洞卧沟河，
考古搜寻故事多。
丝路尘封商道久，
峥嵘岁月尽诗歌。

参观章丘博平古村

傍山邻水博平村，
历久千年古朴存。
商道遥遥穿越过，
传奇尽在寺堂垣。

新邻春燕

新伴居邻乳燕鸣，
窗前双影送春情。
叽喳入梦归乡里，
又听呢喃软语声。

泉城马拉松

假日泉城腾热浪，
事因全马蜿蜒行。
柳丝相伴奔终点，
健影轻装夹道迎。

2019 年 11 月

垂柳丝

雷鸣催醒嫩黄柔，
布谷吟歌柳树头。
丝缕婆娑垂醴水，
清光相映紫霞幽。

2020 年 3 月

泉城飞絮

梦幻春丝烟絮飏，
恰如玉蕊散银装，
飞花泉府漫天舞，
心醉游人悦喜狂。

从烟台返济南

淅雨清风百物祥，
疾驰高铁返泉乡。
惜离沿海奔炎热，
急备罗巾拭汗忙。

2019 年 7 月

遥望石老人

崂峰遥望一尊山，
酷似仙翁卧海湾。
面对狂风波浪涌，
心同磐柱雾霞环。
俯察琴岛闻新句，
直视琅琊换旧颜。
气宇不凡神若定，
日朝时过亦安闲。

过胶州湾跨海大桥

飞龙跃海天，三岛彩虹连。
大道浮云过，轻车雅曲旋。
狂奔穿日月，劲舞揽风烟。
举世当惊叹，丰功逾往前。

穿胶州湾海底隧道

天路遥遥影顿无，
霎时漫幻眼前糊。
古传遁地非神话，
凡圣灵光现冀图。

访蒲松龄故居

齐乡僻壤久传言，
屡试无成拜鬼魂。
浮白载毫孤录愤，
为裘集腋聚书繁。
花妖狐媚皆人故，
魔魅幽冥尽世冤。
笑骂文章针入骨，
遗篇千古史留痕。

2001 年 4 月

台儿庄古城

唐始村成历久长，
运河波涌古城昌。
通衢南北金财聚，
漕务中枢气茂扬。
灭寇血潮涂断壁，
护疆青史刻华章。
而今妩媚招人醉，
常使行游旅客狂。

2011 年 8 月

黄河入海口

一眼平川黄绿撞，
轻舟几叶水云闲。
茅荒海口惊奇变，
仿佛居身瑶瑟间。

2019 年 6 月

注：黄绿撞，黄河入海口，黄河水和海水相撞混合时的情景。

黄河口（新韵）

近百弯曲输浦口，
激流黄水上天排。
良田国土年年长，
湿地油泉月月来。
莺影柳芦长卷涌，
絮飘菽黍竞颜开。
荒滩千载更尘貌，
后代承接万世财。

2007 年 7 月

孤岛感怀（新韵）

孤岛无垠渤海边，
神奇阅历岔河滩。
史辞百五文留印，
虫械三千头拜欢。
昔日秃毛盐碱地，
今朝葱郁果花园。
天蓝水绿宜居住，
似画如诗聚众仙。

2019 年 6 月

注：百五，孤岛历史有 150 多年。三千，孤岛地域有磕头虫采油机 3000 多台。

登烟台山

浪飞席卷海边山，
六百峥嵘罩雾烟。
洋馆峥嵘刀刻印，
血光洒抹艳阳天。

2019 年 6 月

望　海

无际泋瀜天水廓，
遥看岛屿似星颜。
斑斓帆影随风荡，
舻鹭同游波浪间。

2019 年 6 月

养马岛

黄海波涛奇古岛，
秦皇饲马影痕留。
夏威景致胶东现，
耳畔嘶嚎历史悠。

2019 年 6 月

注：养马岛，相传因秦始皇东巡时在此养马而得名，又以秀丽的山海风光和宜人的气候而被称为“东方夏威夷”。

长岛月牙湾

弓月飘移落海湾，
流光楚楚映群山。
何须天上瞻玄兔，
戏浪追风尘世间。

2002 年 7 月

月牙湾鹅卵石

狂澜磨砺不言输，
百载沧桑汇海隅。
疑是飞来乌鹭子，
遍滩洁白似珍珠。

2002 年 7 月

荣成烟墩角天鹅海抒怀

远望烟墩角皓纱，
隆冬无雪绽梨花。
向天曲颈长歌妙，
振羽摇头戏浪葩。
疑问瑶池降海市，
确音琼境落天涯。
晴空碧水依环保，
功德千秋甚可嘉。

2019 年 11 月

赶海

晨曦霁雾近滩岸，
寻觅珍奇踏浪花。
虾蟹石莼欢乐聚，
穿云鸥燕送朝霞。

2005 年 7 月

还故乡

近村环顾疑迷路，
熟物而非寻故居。
只有乡音还未变，
小溪仍旧向前涌。

2019 年 6 月

又是苹果飘香时

桑梓深秋香韵挥，
霞腮佳果已浓绯。
累累悬挂瑶琼柰，
灿灿飘飙霓彩衣。
红紫夺袍名早在，
园林争位业年稀。
欢欣采摘心如蜜，
泱荡笙歌上九飞。

日照白鹭湾白荷

思凡仙子下瑶台，
叶碧花清焕耀开。
卓立萦波贞素傲，
独香携雨伴风来。

咏风筝

原野梨花宙外筝，
生涯即刻大千明。
逐欢风月浮云起，
尘世盘旋一线情。

夜踱白浪河畔

满城闪烁耀三秋，
光转银壶夜色稠。
一道星河环四畔，
万家灯火水中流。

临朐樱桃谷红叶小镇

峭壁飞霞红满山，
川流樱谷泻湖湾。
荒坡丘壑更新貌，
福寿绵延在世间。

2019 年 10 月

拜范公亭有寄

亭台似有精神气，
雄郡千年耀范公。
尚武岁华枭帅迹，
士林宗匠崭新风。
先忧名相扬仪典，
后乐身心贯宇穹。
苍干轩昂魁岸立，
传承万世节廉忠。

2019 年 10 月

注：范仲淹知青州时，亲自搜集民间验方，利用当地清泉调制“青州白丸”，用于治疗当地流行的一种“红眼病”。为此，范仲淹把这眼清泉命名为“醴泉”，并在泉上建造了一座亭子，人们感念范公，称其“范公亭”。

泰山望人松

岱岳绿崖峰，躬身盼客松。
仰观星日月，俯察夏秋冬。
翘首迎宾至，华缨伴友逢。
风霜流岁序，高峻愈葱茏。

2004 年 5 月

东平湖吟（新韵）

寥廓湖天同一色，
波光潋滟锁云烟。
轻舟激水争流驶，
鸶鹭莺歌戏浪欢。
荷叶有声疑沥雨，
柳丝无际似绫绵。
飘摇渔叟田园乐，
富庶时分锦绣川。

2019 年 5 月

注：渔船上的渔民离船上岸，住上了宽敞的民居，过上了稳定富足的生活。

泰山茶溪谷

圣水国山芳茗菝，
葱茏溪谷醉群仙。
霞君雨露淋原野，
香郁人间歌舞旋。

2019 年 5 月

美丽乡村感吟

溪水飞桥曲径幽，
荷莲尖角绿萍浮。
楼亭环绕林荫茂，
庭院芬芳花草稠。
油路蜿蜒通四海，
电商联网遍神州。
乡村美丽钟灵秀，
似画如诗梦境游。

2019 年 5 月

瞻宁阳颜子庙

鹤山溢彩尽流光，
颜子邦乡儒典扬。
千载推崇成复圣，
炎黄尊奉久芬芳。

谒宁阳伏山禹王庙

鞠躬治水伴生涯，
庙殿巍崇处处碑。
疏堵有心成国策，
云荫无数见功垂。
虬龙凤舞庭庐忆，
日月烟霞地宇知。
铜鼎天台昭发世，
勋名万代禹王祠。

入周公嘉禾堂有感家风

恬淡家风仁道扬，
奉先思孝积功长。
睦邻敬老心良厚，
达理通和气亢昂。
怜恤恭谦怀德辈，
洁廉永昼有情郎。
周公嘉礼千秋载，
华夏绵延万代昌。

览复圣公园

古邑千年复圣乡，
拂尘勃发冉朝阳。
儒先灵动流音地，
满目清风再吐芳。

宁阳斗蟀

亘古闻名第一虫，
宁阳斗蟀世成风。
玩家挑逗波涛起，
促织争强雨水潼。
羽翅扇来灵士气，
双刀刺破碧旻穹。
秋浓原野鸣蛩韵，
旅友纷来沉醉疯。

天下第一虫

秋来萧叶蟀声尖，
斗性机灵貌篡严。
为破苍穹全力战，
摇须抖翅二刀钳。

千秋岁·促织闹天下

鸣虫天叫，秋令前知早。树影乱，斜阳照。凉风疏奥草，装改金山窈。君不见，石边银翅嘶鸣闹。

虫小尖声号，十万身形傲。鼙鼓震，拼撕咬。天昏烟雾缭，百态人间照。悲喜处，兴衰家国谁知道？

宁阳江北第一木偶

刻木皮囊假像真，
一招一式确精神。
舞台任意飘天下，
戏剧人生数百春。

宁阳《枣园诗歌汇》有记

送爽清风今又秋，
欢歌诗韵古城流。
阡塍锦绣镶金画，
鼎沸园林庆稔声。

晨望新泰青云湖山

霁峰高耸吻霞颜，
漪碧银湾绕绿山。
湖韵霓光腾紫气，
青云新泰水岑间。

登峰新泰莲花山（新韵）

登峰达顶碧环山，
翘首遥观泰岱尖。
汉武传闻留印迹，
乾隆临幸过巅峦。
余音梵呗缭旋处，
醉客普陀掩映间。
拥翠樾荫仙界隐，
茂陵秋树锁孱颜。

注：碧环是莲花的别称。

访徂徕山礤石峪隐仙观

礨石嶙峋峰兀立，
千年银杏已齐天。
谪仙六逸居腰观，
岁月峥嵘史话传。

注：诗人李白曾隐居于此，与山东名士孔巢父、韩准、裴政、陶沔、张叔明并称“竹溪六逸”，建六逸堂，有李白塑像。

膜拜孔庙

至礼千年殿院轩，
瞻思太庙探渊源。
堂高雄伟先儒面，
碑耸威严往圣魂。
智信义仁施稷下，
和谐中道定乾坤。
亘今精髓传吾辈，
当代寰球膜顶尊。

2003 年 5 月

孟府“侧耳听泉”有记

廓耳结连圆柏侧，
聆听天震井深泉。
熟闻孟府峥嵘事，
见证风尘日月悬。

注：孟府内有一桧柏树干，上面结一似耳的树疤，因在天震而成的泉井边，故名“侧耳听泉”。

孟府流苏

奇异深春白雪浮，
琼楼玉宇世间幽。
流苏孟府须时绽，
慕仰人潮忘返游。

觐礼孟庙

世传孟母三迁址，
磨砺酬功育圣人。
觐礼庙堂儒教在，
传承阙里愈香醇。

1987 年 8 月

孟母三迁祠

贤妇慈母育子心，
三迁居定用情深。
断机织就经纶线，
儒典传承亚圣吟。

白石榴花吟

独树灵奇孟府中，
白花傲绽弄仙风。
脱凡不做枝头火，
笑伴昌繁玉叶蓬。

登驿而小鲁

东山横海岱，险峻擢奇英。
秀色幽深处，淳风独盛荣。
群贤临揽胜，亚圣当留名。
小鲁登邹峄，烟云造化惊。

明鲁荒王陵

鲁王荒诞炼仙丸，
未逮长生早岁殚。
不享大明繁盛世，
地宫踞守阜财叹。

注：位于山东邹城市的鲁荒王陵，是安葬因炼制并吃长生药丸而早亡的朱元璋第十子朱檀的陵墓。陵墓规模宏大，占地7万多亩，文物居多，堪称明代亲王第一陵。

邹城伏羲庙遗址礼颂

伏羲皇首定人伦，
卦卜琴文万事新。
历久君威风已尽，
而今殿敝柱皲皴。
孝孙殷礼山河仰，
香火缭垣日夜氤。
尊像心中巍奂立，
绵延华夏佑生民。

上九山吟二首

一

举步梯阶上九山，
芝香白絮绕乡间。
未曾抿酒人皆醉，
神荡流连忘返还。

二

似曾故地又回还，
村古千年印鬓颜。
乡寨唤醒桑梓梦，
捧来泉水涧中潺。

菩萨蛮·上九山醉

腾空上九云如织，俯身眺望尘如碧。千载炼丹霞。寨村竞绽花。

柴门茅草脊，古井煮新液。满目紫辉光，长歌四海扬。

咏金乡

古邑沧桑故事多，
千年云路尽蹉跎。
米香贡品京人宴，
蒜辣倾翻齐鲁哥。
丰水泱泱绕村户，
飞花楚楚艳田坡。
惊奇最是诗仙迹，
传颂而今遗韵歌。

走近文峰塔

尉迟监造历千年，
耸立金乡刹寺边。
儒佛相融之圣物，
俯观古邑录风烟。

注：金乡文峰塔是唐代尉迟恭监造，是意把儒佛文化相存的象征之塔，是唐代以文治国方略之产物。

闻孔子任中都宰有记

汶波之上载仙乡，
至圣中都宰迹扬。
古邑庙堂皆有证，
绵延儒肆伴沧桑。

注：汶上古称中都。前501年，孔子任中都宰。中都宰即中都县行政长官。

宝相寺佛牙舍利子（新韵）

袅袅云堂香火升，
梵音悦耳唱吟鸣。
千年舍利神奇物，
百粒佛牙妙彩形。
者二无多藏泰宇，
其一有此落汶宫。
毫光胜地延声远，
瞻礼而今汇大成。

注：毫光，指佛、菩萨说法度众生时，全身毫毛放出金色光芒（照遍三千世界），也指佛、菩萨功德无量，神通广大。

泗水泉林感吟

醴波喷涌荟成群，
遍野琼花繁似云。
陪尾山歌声宛转，
泗河水戏势氤氛。
康乾驻跸泉林记，
李杜行寻笔墨欣。
璀璨明珠齐鲁耀，
呕吟誉冠醉灵君。

注：康熙南巡，登泰山，祭圣人，观泉林，留下了不朽篇章《泉林记》。唐代诗人李白曾寻游赋诗“秋波落泗水，海色明徂徕”。

泉林镇红石泉

陪尾山阳赤石边，
池根虤出焰砂鲜。
粼粼玉醴霞辉映，
射向渠河汇大川。

注：泗水是历史上著名的河流，“子在川上”之“川”就为泗河。

泗水盛鼎吟

巨鼎秦来镇九州，
泗龙断系一方留。
鲁乡昆裔承祥兆，
弘业兴昌万世悠。

注：泗河汀铸一巨鼎，铭文“泗水盛鼎”。史传秦战六国获九鼎，过泗水被龙咬断系绳，一鼎没入水中。《史记·秦始皇本纪》：“始皇还，过彭城，斋戒祷祠，欲出周鼎泗水。使千人没水求之，弗得。”

访泗水李白村

惊奇泗水谪仙村，
追溯千年续庶孙。
学海寻诗证东鲁，
形踪隐见拜师魂。

注：李白在《寄东鲁二稚子》诗中云："我家寄东鲁……因之汶阳川。"东鲁汶阳就是今山东省泗水县中册镇，这里确有李白村。

再登光岳楼

暮秋再上木斯楼，
远望凭栏思绪悠。
四面瓦麟层覆叠，
一湖水碧绿波柔，
京杭传统皆呈现，
古韵新风更仰流。
情自乡愁黄土恋，
并非梦想锦帆舟。

2019 年 10 月

注：光岳楼，亦称"余木楼""鼓楼""东昌楼"，位于山东省聊城市东昌府区古城中央。

再到聊城山陕会馆

童顽曾蹭陕山楼，
不省文渊内愧羞。
彩耀明珠城邑靓，
声传赤县故乡稠。
虽然商贾车厮闹，
尚有厅堂院静幽。
古色余香延现世，
登临恰似上瀛洲。

咏临清（新韵）

卫浒瑶烟蕴晏清，
人杰荟聚赖坤灵。
千年城镇钟神秀，
五百春秋唱盛名。
商贾星罗盈井市，
餐汤丰富贯街亭。
运河浩荡兴实业，
墨客骚坛远赋声。

2019 年 10 月

临清赞（新韵）

柳烟卫浒蕴临清，
秀聚人杰赖地灵。
浩荡运河兴百业，
骚坛墨客更蜚声。

2019 年 10 月

叹临清金刚泥砖

紫禁长城累土起，
临清泥粹变金砖。
千年遗产不遥远，
时代辉煌在眼前。

2019 年 10 月

鳌头矶有感

沧桑流去鳌头在，
寻梦而今上古台。
二水运河神调度，
春秋五百雨霜裁。

2019 年 10 月

注：鳌头矶位于山东省临清市区元代运河与明代运河分岔处，有一组明代的传统古建筑群。

舍利塔前思

佛光普度运河边，
舍利祥云似雾烟。
地覆天翻吾自主，
惜之遗产谱新篇。

2019 年 10 月

注：临清舍利宝塔与通州的燃灯塔、杭州的六和塔、镇江的文峰塔并称“运河四大名塔”。此塔建于明万历三十九年（1611）。

临清宛园

苏景随风飘泊至，
临清此处有宛园。
凉台轩榭飞檐影，
磬石泉川碧水湲。
湖镜晨曦塘泛潋，
林幽暮雾径蜒蜿。
真疑身到天堂处，
运卫波鳞紫竹暄。

2019 年 10 月

注：宛园是临清的一座南方园林，是当地的游览胜地。

宛园瑶台

天堂并不姑苏有，
卫浒仙园入画来。
阆苑幽深云水月，
秋生妙手绘瑶台。

2019 年 10 月

注：秋水，指临清三和集团的董事长宛秋生，他主持设计、建造了宛园。

运河钞关

跨越昭华六百年，
钞关铁壁运河前。
舟临必税强财力，
世代功劳大莫焉。

2019 年 10 月

过景阳冈

三碗残阳舞铁拳，
英雄神武大虫咽。
皆因琼液成玄事，
豪气千年斗九天。

瞻曹植墓（新韵）

古今粲溢卓而世，
荣冠仙才仅有三。
七步名扬垂后代，
八斗气韵震诗坛。
建安律动今犹在，
魏晋风吟历久喧。
王道当年临此地，
魂飞故里落鱼山。

2010 年 6 月

诉衷情令·东明出至哲

黄河之北梓桑乡，南华岭之阳。千年古邑绵历，至哲出、亮玄光。

修圣内，外行王，道经章。自然之法，润泽神州，八德流芳。

注：《庄子·天下》提出的“内圣外王”思想对儒家影响深远，指既具有圣人才德，又能施行王道。《庄子·齐物论》论述了道家谓道的八种界限。

兰陵美酒赞

郁香悠荡逾千载，
椒桂飘来醉倒翁。
美酒何须灵珀碗，
开怀尽享窖来风。

2019 年 5 月

兰陵吟

上溯商周古酿绵，
郁金琥珀美名传。
闻香举觯招贤客，
掬蜜倾坛醉谪仙。
圣哲挥毫凝露液，
玉琼斟斗弄风篇。
酒酣疏韵思乡物，
大吕黄钟响九天。

2019 年 5 月

注：战国时期，对中国思想变革产生巨大影响的一代圣哲荀子，在这里两任兰陵令，为兰陵酒业的发展奠定了历史文化基础。

虞美人·兰陵醉

星移斗转何时有，天酿兰陵酒。郁香久醉两千年，不见酒仙回首、只闻鼾。

谪仙赞誉犹徊耳，高举灵樽器。我谋酣畅解乡愁，乘驾清香飞去、任飘悠。

2019 年 5 月

经荀子墓

千古恍如神韵在，
春秋两履县高卿。
大儒圣哲依章治，
天道尊师孕物生。
曾祝琼浆香糯蜜，
始元辞赋久回萦。
举樽豪饮真情露，
美酒仙乡育俊英。

2019 年 5 月

后圣荀子吟

五圣齐肩后圣名，
合融儒法道倡行。
自然本恶皆新述，
令政修通国事成。

萧望之文化园

祖何秉性继承之，
傲气孤身大智仪。
一代忠仁先世敬，
三生功德后人知。
兰陵琼液成萧窖，
行客瑶笙谪白诗。
流岁千年神睿在，
伴随日月世间垂。

注：萧望之是萧何七世孙，汉元帝时任大鸿胪、太傅等职。相传兰陵美酒出自萧家的酒窖。

过文峰山

兰陵小岱玉峰轩，
后圣书台胜迹存。
英烈丰碑耸天立，
神山厚重荫儿孙。

兰陵压油沟

迈步新村梦幻川，
画廊十里丽光鲜。
返乡游子心迷乱，
还认山前那眼泉。

兰陵压油沟民宿口占

乡野遥闻鸡犬鸣，
鼾鼩甜蜜梦中行。
莫非玉斝兰陵醉，
民宿飘仙饮露琼。

浮来山银杏王树

千年风骨渡辛艰，
满目沧桑霭郁颜。
良药济民昌万代，
随依长寿列仙班。

2002 年 6 月

美哉竹泉村

蒙山沂畔筠泉韵，
雅致农家别样天。
苍翠笤篁随意摆，
汩湟碧水顺街穿。
炊烟缭绕云蒸蔚，
笑语欢声歌舞翩。
时代风潮挥彩笔，
丹青浓墨锦屏川。

2010 年 6 月

农家小院（新韵）

油路蜿蜒霞蔚边，
葱茏山影柳林前。
门旁藤蔓盘虬网，
窗下经纶什锦田。
犬吠禽鸣乡味美，
谷盈果馔洌香悬。
眼中不是瑶台景，
胜过皇家紫禁园。

庭院葡萄熟了

庭前晚霁渐清凉，
累累乌珠沁暗香。
满架蜿蜒王虺舞，
好枝迤逦蜡蜂狂。
坐临亭榭飘秋影，
醉倚栏门弄肆芳。
期待空悬珍果坠，
梦魂粒粒赛饴浆。

夏野远望

葱郁庆辉映碧天，
熏风摇弋麦花颠。
生机遍野清香味，
绿浪怀思幼稚年。

蝉鸣有感

炎蒸无碍刺天鸣，
万树搜寻却哑声。
烦恼平添嘈杂乱，
欢欣倍觉乐歌行。

飘然图

秋烟绿雾绕凡间，
淑女飘然更雅娴。
举目不知身何处，
妖娆陶醉白瑶般。

咏柿子

霜气寒来地换装，
灯笼遍野彩霞光。
恰如火焰枝头耀，
满树青鸦窃蜜香。

寒冬又临乡村间（新韵）

阡陌寒霜萧瑟斑，
千村万象显孱颜。
昔时沉寂苍凉景，
今度繁昌锦绣篇。
户户蒸腾多戏乐，
朝朝忙碌少休闲。
小康光降乡俗改，
幻梦诘实盛世间。

桃林春芳

粉彩飞扬心自妍，
春芳沁润舞平川。
志高忘却风光好，
攻读仙姿似镂镌。

倩影飘摇

柔风烟雨沁春山，
郊野金黄映陌间。
姿影飘摇神女步，
情高径自度悠闲。

桃花溪吟

烟雨乌篷尽兴摇，
桃溪入画影踪娆，
艄公桨点麟波韵，
玉女春心幻梦缭。

稻浪寻游

苍茫原野尽芬芳，
秧稻腾波散冽香，
趁兴风和寻丽景，
浓云遮蔽不彷徨。

云雾锁江

云蒸雾罩锁江心，
隘口苍茫蕴靓深。
倒影烟舟迷幻处，
遥观两岸布玄荫。

五洲风云

瓜达尔港开航

必经马六串汪洋，
千古华山独路长。
奥妙棋图熔封锁，
突开链岛破围防。
剑铓尖指波斯口，
瓜达涛连西域疆。
一带路联宏战略，
丰收硕果盼辉煌。

2016 年 11 月

中美贸易起摩擦（新韵）

鹰煞龙吟起雾烟，
乌云密布半遮天。
中华坦荡迎挑衅，
鹿死谁家利剑悬。

2018 年 4 月

清平乐·美国封锁警示

风云突变，中美经商战。关税开头狂乱箭，妄阻中华光灿。

科技封锁中兴，国人倍感震惊。放下幻心苦战，艰苦奋斗重生。

2018 年 11 月

华为遭西方非难

中美税争全泛滥，
华为高企遇非难。
毒牙相对无良计，
鏖战迎头度岁寒。

2018 年 12 月

中美贸易战暂告段落三首

一

摩擦年余烟浪滚，七轮谈判暂时停。
谁言实质生成果？真正嘶嚎侧耳听。

二

龙鹰商斗呈虚象，制度拼争是底牌。
丢掉幻心迎苦战，豪英不惧虎狼豺。

三

硝烟渐息战难休，商贸纷争处处愁。
改革深耕功自硬，龙腾天下见瀛洲。

2019 年 3 月

观海军国际阅舰式

七十生辰史迹辉，
泱泱蓝旅纛旌挥。
磅礴战舰排潮驶，
呼啸银鹰咤雾飞。
江海驱鲨编堡障，
长空防贼筑城围。
承平九鼎昂头立，
盛举齐襄仪仗威。

2019 年 4 月

纪念五四运动一百周年

屈指人间过百年，
尚崇德赛史无前。
昔时红绿掀风雨，
当下苍青定地乾。
威武醒狮开路吼，
雄浑蛟虺破云穿。
华夏振兴旌旗舞，
九鼎砥平神宇嫣。

2019 年 4 月

亚洲文明对话大会

不衰韵味竞芬芳，
泛亚精英聚一堂。
同赏文明相共体，
美人之美谱华章。

2019 年 5 月

中国亮剑

昂首雄狮吼似雷，
巨龙腾跃显豪魁。
达摩之剑凌空举，
镇怪降妖我自嵬。

2019 年 6 月

注：中国商务部发布《不可靠实体清单》，这是对美国和西方的亮剑。

为中国 5G 欢呼

神奇登陆耸峰巅，
傲视群雄敢率先。
骏利直前无劲敌，
焯辉寰宇谱新篇。

2019 年 6 月

5G 商用元年有感

乌云压顶谈何惧，
大雪摧松且挺腰。
五代元年初始季，
寒冬过后百花娇。

2019 年 6 月

斥跳梁“港独”

暴徒港独忒凶狂，
犷丑淫行竞跳梁。
笑看蚍蜉摇大树，
犬豭自毙葬南洋。

2019 年 7 月

北斗卫星布网功成（新韵）

广袤银河聚列星，
飞翔北斗布天庭。
并肩玉帝英豪气，
携手吴刚炫丽屏。
环绕六合巡圣地，
遥瞻风雨洞群形。
毫厘定位非凡境，
奥妙神机汇大成。

2020 年 6 月

贺北斗全球导航系统建成开通

卅五群星布太空，
天罗恰似网苍穹。
全球掌控毫厘处，
定点区明百万功。
雪洗日前其耻辱，
创开世纪自强雄。
巡旻遥瞰山河灿，
喜看蛟龙画彩虹。

2020 年 7 月

嫦娥五号取月壤返回

刺空一箭吻苍穹，
涌动青云荡大风。
自古举杯邀玉桂，
而今驾梦向天宫。
嫦娥疑问于何事，
月壤方寻不尽穷。
破解秘奇来有日，
函和旻地万年功。

贺嫦娥五号载月壤回家

玉兔惊奇疑问多，
不期相遇见嫦娥。
苍龙追梦登金镜，
月壤搬家伴凯歌。

月壤储韶山

殊尊揽月咏高词，
搅动瀛洲鹤梦驰。
不信神灵更故旧，
敢教宇宙换新奇。
攻坚昔日寻佳处，
收获今朝在刻时。
喜定韶山储月壤，
英魂告慰寄相思。

2020 年 12 月

港版国安法镇妖魔

曾经螭魅闹香江，
烟瘴弥沦冒鬼腔。
利剑达摩生锐气，
驱除妖孽可安邦。

2020 年 6 月

香港回归 23 周年庆

廿三忧喜庆回归，
风雨香江毒瘴围。
幸有锋芒龙剑立，
明珠世代熠丹辉。

2020 年 7 月

中秋节前志愿军烈士遗骸归国吟句

中秋相聚玉轮圆，
魂景归兮盛乐旋。
泪雨飞扬九州地，
英灵卓荦化真仙。

2020 年 9 月

观国际风云吟句（新韵）

山雨朔风急，黑云预暗袭。
乾坤年月动，螭魅爪牙依。
萧瑟生愁黯，嗷嚎尽冷凄。
青峰仍屹挺，任纵乱流激。

2020 年 10 月

看国际政客反华有感（新韵）

政客穿梁小丑兮，
张牙乱舞吠声凄。
喷毒结伙侵云厦，
难阻中华骏马蹄。

2020 年 10 月

山姆大叔扯掉遮羞布（新韵）

扯掉遮羞臭布帘，
惑人两面世人嫌。
奢谈民主啥高地，
暴乱风光见一斑。

喜闻 RCEP 签署

庚年毒疫八方围，
四处凋零众物稀。
紫气东来东亚舞，
苍龙南指南华挥。
江河入海流长在，
日月腾空势定归。
锦幕启开遨戏始，
且看谁子发雄威。

2020 年 11 月

闻中欧投资协定谈判成

不惧戗风凛冽飕，
中欧相共浪飞舟。
翻然大举开新季，
劲势归趋引五洲。

2020 年 12 月

赞中欧投资协定

庚子凄寒束棘生，
凌霜无惧显豪英。
运筹合纵东风荡，
新岁铿锵脚踏声。

2020 年 12 月

庚子元夕

子初首度玉轮圆，
愁锁眉心雾满天。
众户门封驱毒疫，
于无风处待春旋。

为白衣天使壮行二首

一

新年庚子下荆州，
天使齐麇黄鹤楼。
家国情怀豪壮志，
赴汤使命写春秋。

二

春节时分旋启程，
英姿飒爽贯江城。
白衣护楚除疮痔，
大义高风当世惊。

2020 年 1 月

全国聚力斗毒魔

江城亥尾毒魔生，
鬼魅疯狂市邑惊。
孽种原由山野变，
恶风始作路途行。
忠仁天使麇贤俊，
节义王师集玉英。
齐结铁军驱病虐，
万千香烛曙光迎。

2020 年 1 月

步韵毛主席送瘟神

通衢大道万千条，
华夏神州尽舜尧。
天下白衣擎利剑，
世间赤子筑仁桥。
龟蛇有幸英雄护，
荆楚无忧魑魅消。
斥问瘟君哪里遁，
上旻入地忿中烧。

2020 年 1 月

寿光蔬菜输鄂

千里鹅毛莫道轻，
无疆大爱献真诚。
寿光蔬菜飞三镇，
阻疫封关不隔情。

2020 年 1 月

山东女医生剪发抗疫

慷慨赴身肝胆献，
剪除长发貌容更。
儿郎装扮驱瘟疫，
汝用深情护众生。

2020 年 1 月

闻武汉疫情有下降趋势

勇者无私战疫魔，
催春杨柳始婆娑。
喜闻荆楚医情稳，
期盼前方奏凯歌。

2020 年 1 月

武汉城响国歌声

瘟毒霾烟漫古城，
忽闻雄壮国歌声。
起来抗疫同迎战，
前进消灾共出征。
豪气凌霄江汉震，
威风贯镇楚乡惊。
神州无惧川途险，
克破艰危尽俊英。

2020 年 1 月

江城子·抗击疫情感吟

江城庚子疫情狂，户关窗，宅中藏。黄鹤惊飞，三镇失光芒。恫震九州人亿万，风雨骤，起苍黄。

忽闻号令纛高扬，战疸疮，疗瘟伤。万马千军，斩棘下荆江。天使王师齐上阵，君不见，步铿锵。

2020 年 1 月

武汉火神山医院落成

瘟妖肆虐九州惊，
速降炎神大道行。
天路遥遥肩重任，
降魔鏖战尽豪英。

2020 年 2 月

破阵子·这里战争无硝烟

伊始新元如梦，江城雷震心忧。渺小毒虫侵大象，倒海翻江闹九州，抗瘟举剑矛。

铁旅疾驰赴楚，白衣冲杀龙头。承载希望除疠疫，病树逢春景色幽，绿荫橘子洲。

2020 年 2 月

贺李兰娟院士研发抗疫药物

蕙幽哪怕僻山偏，
浓郁馨香沁丽娟。
战士鞠躬求妙药，
送给大众盛阳天。

2020 年 2 月

悼李文亮医生

风华尽瘁早云终，
血染江城献赤衷。
战疫相持功未就，
跟来亿万是英雄。

2020 年 2 月

为伉俪并肩抗疫颂吟

面对瘟神腼逆行，
齐眉伉俪尽豪英。
分开无悔魂飞泪，
相见遐思目断情。
两地志同祛疫病，
一心与共为春荣。
何时旌旆归旋日，
挽臂聆听贺慰声。

2020 年 2 月

赞鲁南制药义捐千万元药品

沂山风韵鲁南情，
大爱云天献赤诚。
危难悬壶韶乐美，
一腔热血润江城。

2020 年 2 月

松赞抗疫战士（新韵）

雾嶂咽危石，凌霜冷艳织。
从来岩冠列，此日雪侵直。
琴瑟青山曲，风波明月知。
高洁辉五岳，天赋岁寒辞。

2020 年 2 月

赞老干部声援武汉网络朗诵会

大爱泓宏雪夜声，
铿锵韵律荡齐荆。
唤来春意融冰冻，
静待东山布谷鸣。

2020 年 2 月

赞基层抗疫干部

雾瘴侵来袭镇村，
城街处处暮烟昏。
瘟神凶险无惊惧，
世界嘉祥有晏温。
万户千家怀顾望，
三更四野忘情奔。
位卑胸载拳拳志，
磨砺精诚铸国魂。

2020 年 2 月

反思济宁任城疫情陡增

疫情儿戏欲瞒天，
笑误良机坠壑渊。
不俊之人尸位汉，
高墙网狱待熬煎。

2020 年 2 月

闻二神山医院建设者拒领薪

搏杀瘟魔抢瞬间，
披星汗洒二神山。
功成不计劳酬报，
德耀乾坤垂楚关。

2020 年 2 月

巨龙抬头日战瘟神（新韵）

时逢二月战瘟神，
华夏腾龙仰首吟。
闭户静心驱毒疫，
回风丝雨盼阳春。
舜尧十亿回天力，
天使无穷连璧亲。
伏虎驱邪迎曜日，
莺啼霞蔚待明晨。

2020 年 2 月

为全国人大立法禁食野生动物题

同是生灵本静安，
食贪酿祸野牲餐。
自然惩罚何时了，
万物和谐举世欢。

2020 年 2 月

大疫世界辨敌友

谦躬千日不同心，
大疫来临鸟弃林。
相顾天涯非觉远，
自怀咫尺欠知音。
热情诚挚春风暖，
恶语讥訾旻地阴。
患难搀扶三辈记，
仁恩滴水贵如金。

2020 年 2 月

为西部智能制造公司防疫机器人题照

雾瘴时分诞世间，
智能抗疫度维艰。
非凡灵气无私念，
奇异玲珑不等闲。
漠视瘟神何惧险，
遵从指令尽开颜。
飞来科幻仙风至，
再日眉飞奏凯还。

2020 年 2 月

闻泰安聊城新冠患者清零

昨夜春风扑面来，
一山一水笑颜开。
病员痊愈传佳音，
灭疫驱瘟澄宇埃。

2020 年 3 月

抗疫见雷锋

大爱无边天际流，
同临疫难共烟舟。
携扶温暖三春季，
请看雷锋九州遍。

2020 年 3 月

木兰花令·庚子妇女节
献给抗疫前线的巾帼战士

子始疫瘟飘汉处。冲出木兰慷慨去。无反顾，不回头，愿将热血涂荆楚。

白衣壮举多艳丽。剪发迟婚盔甲系。迎风危难逆舟行，千里桃花无如你。

抗疫复工即景

喜音贯耳热情升，
驱疫商经又复兴。
遥望铁牛田野闹，
近观塔吊市尘增。
车流驰路传祥兆，
人气盈门预瑞征。
一扫忧愁天地阔，
燕啼心暖醴波澄。

2020 年 3 月

援武汉抗疫医疗队凯旋

疫控鸣金别楚还，
楼兰即破尽开颜。
青山镌刻英名烁，
医使千秋列鹤班。

2020 年 3 月

世界抗疫大战有感

岁初瘴雾漫全球，
疾菌伸延四处流。
世界临危多国难，
瘟神肆虐众人忧。
驱除毒疫齐争辔，
开拓商经避凛秋。
唯我中华平恶孽，
风光独好似瀛洲。

2020 年 3 月

黄冈长街送天使返鲁

黄冈十里送亲声，
热泪纷飞化彩旌。
天使赴吴倾血汗，
逆行不悔笃深情。

2020 年 3 月

我国抑制新冠肺炎（新韵）

喷升旭日霞东崮，
驱尽毒霾宛媚天。
山有高低归土地，
季分冬暑赏春原。
神州鹊起群情奋，
尧舜激昂众志坚。
风雨铿锵同阔步，
开帆新纪史无前。

2020 年 3 月

抗疫辨识制度优劣

大疫狂飙扰乱心，
常言烈火淬真金。
谁人信步军营稳，
何处迷途阵仗沉。
九鼎云开升旭日，
西洋雾瘴坠寒阴。
毒虫渺小施身手，
优劣区分义远深。

2020年3月

全国清明悼战疫英灵

清明旗半笛鸣声，
举国垂思悼众英。
血荐轩辕情壮烈，
流芳万古鼎勋名。

庚子四月天

如梦庚年毒疫邪，
人间孟夏少芳华。
城乡避疾香烟淡，
天使擒蛟炫彩嘉。
雨里子规啼海角，
霾中勇士战云涯。
舜尧十亿齐酣斗，
四月才开二月花。

痛悼齐鲁医院援鄂天使张静静

东方欲晓九州咽，
一缕仙霞升鹤天。
将破楼兰身已去，
江河痛悼颂诗篇。

武汉解封鄂路开通喜赞

霾消疫遁楚荆祥，
又见江城仙鹤飏。
九省通衢天路阔，
春回四月好风光。

护士节赞天使

白衣飘逸佛心肠，
驱疫悬壶放烁光。
勃发英姿豪气壮，
无闻百世自昭彰。

青岛核酸检测速度感怀（新韵）

岛城闻疫警钟鸣，
千万居民雷厉行。
日夜突击推检测，
犹如闪电世人惊。

新冠疫苗全民免费接种

祥瑞新年喜事来，
神州驱毒笑颜开。
疫苗免费全民种，
试看寰球谁敢陪。

气宇英姿

缅怀劳模时传祥

平凡矢志奉终生，
掏粪人微总有情。
污秽自身仍幸福，
洁馨万众不图名。
神形伟岸山河撼，
美德芬芳日月明。
可泣风容传后代，
华星耀世大千清。

1997 年 4 月

赞农民工

雷震惊鸣千载梦，
驾乘风雨市中飚。
穿飞城域心寥阔，
挥洒雄才志宇昂。
戴月披星迎彩晕，
青山绿水送斜阳。
宏图万卷倾情绘，
尽奉年华谱乐章。

2008 年 5 月

新中国首位拖拉机手梁军（新韵）

英姿红袖踏风尘，
稼穑农机亘古新。
丽影情怀镶画报，
开天女子第一人。

2010 年 8 月

注：梁军是继毛主席之后第二位登上《人民画报》封面的人物，她驾驶拖拉机的形象印在了第三套人民币壹圆券上。

山乡农机手

握锄茧手换家当，
转动圆盘神气扬。
秋获春耕争雾雨，
南征北战串村乡。
朝行晨露雄鸡唱，
夕返炊烟爱犬狂。
汗水涟涟钱袋满，
伴随月影品酣香。

2017 年 8 月

杂交水稻之父袁隆平

朝迎旭日描阡陌，
晚戴冰轮数稻秧。
仰吻天公多抖擞，
卧亲大地尽痴狂。
汗珠洒落黄泥脸，
肝脑喷涂白米仓。
奋斗一生为国策，
神农降世谱新章。

高产玉米大王李登海

有志科研始少年，
痴迷育种鬓霜鬈。
专心追梦风尘里，
投体良田日月边。
勇越先锋齐耸岭，
幸同稻父共并肩。
掖单蜀黍留青史，
稳固根基玉米川。

注：先锋，美国先锋种子公司，是世界春玉米高产纪录的保持者。李登海是夏玉米高产纪录的保持者。掖单，李登海培育的掖单系列紧凑型高产玉米。

看《傻春》有感（新韵）

连续累牍家内剧，
感怀激切动仁心。
傻春非傻纯实朴，
大姐浓情爱厚深。
良善真诚滋液润，
恶毒假诈丧伦淫。
凡人小事扬风尚，
女子诗篇赞咏吟。

2018 年 11 月

耿建华教授诗教儿童

智叟勤耕奏妙音，
初冬甘露润童心。
百花洲畔传诗韵，
大吕黄钟世代吟。

2019 年 11 月

耿教授冬日诗教好风景

入冬未冷似如春，
热涌泉城学子莘。
施授高低吟韵律，
甘霖滋润咏情亲。
勤耕诗教明湖畔，
喜看传承历下人。
蓄发荣熙谁道早，
山花漫烂望无垠。

2019 年 11 月

孟晚舟被拘压一周年题

寒雪压松腰挺直，
初心依旧不弯身。
中华风骨嵬然立，
极目苍山万树春。

2019 年 12 月

赞外卖小哥

车轮滚滚碾晨曦，
风雨泥尘苦量知。
身沁油香飘郡郭，
笑迎劳累赞中驰。

2019 年 12 月

赞快递员

朝迎霾雾晚披霞，
剪雨裁风泥尾巴。
日月车轮穿万户，
欢心期盼送千家。

2019 年 12 月

赞小区环卫工

殷勤四季献芳华，
挥舞笤箕伴雾霞。
纸叶尘灰齐略获，
家园舒适众声嘉。

2020 年 1 月

赞抗疫院士钟南山

松立南山仰九州，
挺身危难逆行舟。
亲征二度真诚在，
情系群方热血流。
举剑青锋除病疫，
悬壶好善驱忧愁。
惊涛砥柱多豪气，
高尚风操万古留。

2020 年 2 月

战疫中的共产党员

毒疫霾烟当世惊，
党旗猎猎显豪英。
不言困苦奔前去，
哪怕牺牲敢逆行。
大爱琼怀同昊帝，
侍投殷切似乡兄。
甘抛血汗拳拳志，
涂彩丹霞日月晶。

赞雪夜清扫人

雪夜酷寒灯影暗，
万家安息寝酣沉。
微躯瘦背勤摇曳，
一帚净庭奉热心。

2020 年 2 月

独子老人

人老无能盼子心，
想时网上获真音。
忽闻儿女回归路，
急摆锅盆似乐琴。

纪念辛弃疾诞辰 880 周年有作

稼轩闲望抚栏愁，
报国雄心志未休。
燕赵情怀奇士愿，
暮云灯火老臣忧。
归心忠切歌清世，
行色深沉赋绿洲。
醉里东风观冷月，
烽烟剑起好凉秋。

复圣颜子吟

贤首颜渊复圣名，
励精继孔伴终生。
平身官位无缘结，
短命人家有志成。
民本不穷兴社稷，
夫思修德炼心清。
如愚聪慧筹功业，
历久崇尊玉振鸣。

共产党人颂

铮骨清风领路人，
胸宽宏愿众民亲。
冲锋化险英无畏，
信仰初心主义真。

泰山挑山工赞（新韵）

雾霜雨雪晨昏路，
春夏秋冬岁月烟。
汗落一珠飞几瓣，
岩攀千尺上重天。
众肩扛起巍峨岭，
万臂抬出墨绿川。
雄魄精魂云海动，
俚歌励志五洲旋。

麦德森领头人王勇

意坚身障鸿翔志，
胸阔神清善性心。
促棹扬帆奔彼岸，
鞠躬忘我用情深。

庄子吟

老庄一脉道之宗，
自化无为处逸容。
履任漆园微小吏，
隐居南华智开胸。
真经撰出真人笔，
哲理盈成哲士依。
并列三玄传世宝，
绵延九鼎彩霞彤。

注：1. 庄子与老子并称“老庄”，被称为道教之祖。
2. 庄子曾任漆园小吏，后隐居南华山。唐玄宗天宝初，被诏封为南华真人。《庄子》一书被奉为《南华真经》。庄子强调事物的自生自化，否认有神的主宰。
3.《庄子》和《周易》《老子》并称“三玄”，在中国文学史上有着重要的地位。

贺裴树清
获“泉城最美退役军人”称号

役退功成觉苑花，
骨清浩气向天涯。
及乌良善超侪辈，
光耀神州炫彩霞。

明月情思

贺茂阳“一抹微云”书法小品展

一抹微云尽彩虹，
古城映照起东风。
饱尝小品高师现，
柔毅钢阳气势雄。

贺茂阳“一树寒枝”书法作品展

一树寒枝几度红，
彩霓绚丽趣无穷。
简翁了却凡尘事，
舞纛书园旋大风。

观茂阳老友“一树寒枝”书法作品展感吟

寒枝俏岁冬，一树尽风容。
瘦硬如钩戟，飞扬若跃龙。
心中云逸秀，笔下意神浓。
翰墨涂天壁，山高我立峰。

迎侯滨兄还乡油画展

暮春夏溢友人迎，
侯氏还乡誉满城。
昔日身青勤学志，
而今鬓霜大师英。
丹青妙手书妍丽，
翰墨成风气沉宏。
沪鲁牵情连锦绣，
傥流一代九州惊。

2019 年 5 月

诗词学会匡助残障诗人有感

爱心诚挚韵诗渊，
美妙情投意相连。
四海友人齐赞助，
寒冬恰似盛春天。

2019 年 12 月

与智才兄相会

十年与共凝佳谊，
兄弟连心总相依。
远水隔山遮不住，
桃花春气永芳扉。

2019 年 4 月

参观丁翔文兄果蔬园（新韵）

解甲勤园龟岭北，
半生农事此亲躬。
辛劳蔬果篮筐鼓，
相伴朝霞夕日红。

2019 年 6 月

注：好友农业部司级干部退休后到烟台租地种菜、种植樱桃树，收获颇丰。

与杨逸明陈仁德潘泓先生把盏微山湖边村寨

湖风南薄寨门开，
把盏三贤畅语诙。
渔味朵颐君亦醉，
夜空回荡诵诗来。

金秋撸串烧烤诗友相聚

撸串倾樽煮蟹黄，
薰风金飒送琼浆。
赋情入味难言尽，
诗谊相磋共叙长。
千酌一壶尘与路，
寸心点语畅和扬。
浅杯嫌少不曾醉，
诵韵欢声卷激昂。

2019 年 10 月

观永森兄练棍有感（新韵）

豪气冲腾鼓皓髯，
棍飞影动九霄旋。
古稀不让华年辈，
雄敢英侠一比肩。

和培泉兄夕阳红群赞诗

夕阳霞蔚风光好，
群内神仙豪气扬。
弄墨舞文难服老，
自如挥洒慨而慷。

2019 年 12 月

赏蒿峰先生
《云起楼诗存续集》上下册有怀

云起楼峨气令芳，
情怀家国谨身强。
萦心无论飞何处，
吟醉山河日月长。

读郭培友先生瑧句有感

天高地阔出箴言，
哲理条条四海喧。
世路沧桑萌哲理，
人生笑对有仙园。

读《郭培友语句录》第二集感吟

笔尖犀利出和风，
言简奇赅见硬功。
教化众生皆好料，
哲思妙语意无穷。

步韵锦绣学兄高球偶记

飘旋热汗酷杆挥，
无限夕阳染鬓灰。
拜退青春神气在，
人生梦幻再轮回。

读侯书良先生评《畅怀集》有怀

坫坛诗艺两相知，
花甲难逢共所思。
携手呢喃心有恋，
举樽畅饮乐无期。

2019 年 12 月

致礼宗健先生贺诗

别去世尘追彩夕，
畅怀写意走天涯。
半生田野勤农志，
一路云霜厚土诗。
花甲耕耘吟雅曲，
光华风采赋瑰词。
心知牵手长歌伴，
快马加鞭奋力驰。

2019 年 9 月

附　李宗健先生原玉

贺林秘书长新书刊发

写意田园一树槐，
照花携影漫盈斋。
留存记忆呈文墨，
展露心声仗铁鞋。
雨后耕耘云在岭，
风前吟唱竹当阶。
世间块垒浑忘却，
只把诗词揽入怀。

原韵致谢同峰诗友（新韵）

攀岭前方仍有峰，
函心依旧蕴于中。
诗情不老开新域，
春梦无言跃浩空。
揽月凌云初愿志，
襞笺意气晚年虹。
畅谈扬觯园庐聚，
醽酒香醇酝酿工。

2019 年 9 月

附　王同峰先生原玉

恭贺林吟长诗词集发行面市

一道山梁一道峰，
逍遥翁许锦川中。
文华不老因芒履，
襟旷忘忧仗悟空。
但得烟霞供日月，
任他乌兔走西东。
芸芸多少畅怀事，
诗虎酒龙从化工。

调寄撼庭竹·次韵致谢元隆先生

暄暖涓涓潜入怀，金轮耀楼台，大洋归汇感涓埃。雨霜风雪塑梅槐，致仕路平静，思过淡生涯。

韵律畅胸似玉街，香沁足青鞋，常因意入歌吟彩。一片春心悟清才，新路启新页，秋色任风裁。

2019 年 9 月

附　顾元隆先生原玉

撼庭竹·一卷初心一书才

撸串小聚得惠林建华秘书长题字赠《畅怀集》调寄。

澄澈泉泷开畅怀，凝澜墨瀛台，笔耕风雨洗苍埃。柳畦湖菊故乡槐，缕缕念都在，情过雁秋涯。

月绰陇埂雪覆街，南北百泥鞋，赢成翠麓林成海。一卷初心一书才，眸泪几洇页，窗旭已云裁。

和明德先生寄语致礼

风云一世醉斜阳，
六秩苍颜再自强。
田野半生躬稼业，
诗坛此日颂农乡。
逍遥翁许瞻峰岭，
洒落公将梦紫光。
回望芸芸和畅事，
而今辞赋入心房。

2020 年 9 月

附　马明德先生原玉

读《畅怀集》并寄林建华先生

儿时梦想做诗人，
年过六旬成正真。
情浸笺中飞雨雪，
心融笔底咏松筠。
醉歌胜地众泉涌，
陶沐阳光万象春。
扯起风帆邀逸侣，
畅游湖海喜津津。

致谢并次韵风华先生寄语

鬓霜志趣畅歌行，
融入东风盼业成。
游历诗文溟邈梦，
传扬翰墨玉堂声。
勉农本色长曦月，
逐律初心破瓮城。
面对夕霞怀旭日，
棹帆韵海向峭嵘。

2020 年 9 月

附　布风华先生原玉

《畅怀集》读后寄林建华先生

风霜六秩踏歌行，
夙愿已尝功业成。
展卷花间看节序，
敛眸笔底听泉声。
悯农劝稼柔桑陌，
问道求知紫禁城。
颐养迁居松岭下，
陶然索句气峥嵘。

调寄八声甘州·次韵致谢玉莲诗友

看星辰万里一时休，蹉跎路无声。历韶华磨砺，心怀幻想，恣韵纵横。虽业匠工稼穑，志趣向惺惺。泉涌水难断，日夜垂情。

宦海收关幕落，鬓皓依然我，寻萃扬馨。阅古风神韵，奋力向嶒嵘。入洪流、青春焕发，挽手行、齐鲁凤鸾鸣。凭栏处、仰瞻远望，皓首穷经。

2020 年 10 月

附　卢玉莲先生原玉

八声甘州·品学《畅怀集》感寄林建华先生

对醴泉激涌意难平，汩汩尽心声。数风华六秩，初衷未改，健笔纵横。多少寒来暑往，节序惹惺惺。律动萦怀处，稼穑牵情。

甚羡百花深处，自悠然忘我，萃得芳馨。更山川踏遍，颐摄笑峥嵘。赞潮升、劳歌流韵，感志同、四海会嘤鸣。弦诗对、玉涵翠岭，屡慰曾经。

依韵冷广云先生有感致礼（新韵）

字字元声汇聚书，
篇篇创意欠清殊。
拈来世故平常事，
攫取蹉跎物外璞。
无趣农桑而喜获，
有情韵律亦直抒。
初心不舍依然我，
鬓皓求知夙愿凸。

附　冷广云先生原玉

拜读《畅怀集》有感(新韵)

字字珠玑浩纵书，
篇篇锦绮惠和殊。
寄情禹甸挥毫构，
得趣泉源采玉璞。
如许高怀吟盛事，
清思逸兴可豪抒。
桑榆航启前行继，
圆梦登楼夙愿凸。

杏园采摘

孟夏日炎风炙热，
麦畦浪涌灌浆忙。
银花绽过余春色，
黄杏累悬满树香。
清气长空成正果，
芳菲远影扮丽装。
携尊扶幼园林聚，
甜蜜盈篮歌激扬。

2018 年 6 月

九十慈母飞针线（新韵）

鲐背头苍眼不花，
高堂针走手工佳。
线飞织缝慈亲爱，
沁润春晖伴海涯。

2019 年 4 月

恭祝慈娘九十大寿（藏头诗）

恭贺生辰吉瑞星，
祝辞岳母意禧宁。
慈祥仁爱金银贵，
娘健安康岱柏挺。
九转一世多磨难，
十全四辈乐融庭。
大贤德重和人气，
寿胜南山万古青。

2019 年 7 月

听老伴唠叨

唠叨初始似熬煎，
日久听来顺自然。
感觉恰如音乐美，
无声反倒少安眠。

次韵杜牧《清明》清明祭故人

清明祭祀泪飞纷，
跪叩哀思痛断魂。
两世隔绝何所念，
梦中幽会小山村。

2020 年 4 月

母亲节哭母亲

母亲节际情思乱，
泪眼蒙眬苦水潺。
昨夕逝娘凄欲绝，
而今念汝哭虚还。
昔时母难遭磨困，
现在儿成孝馈悭。
一世宏恩无予报，
仰天叩地谢天颜。

2017 年 5 月

母亲节感怀

泪雨纷飞梦断魂，
终生滋润母慈恩。
三春晖映浮云路，
飘泊天涯落地根。

母亲节

泪水生成雨似飞，
感天动地响雷威。
轮回故事祈真有，
再报慈严寸草晖。

追思父亲

荏苒时光又十年，
梦魂索绕缅思牵。
驼娃游艺庭庐乐，
聆耳言提父子贤。
杆立为人奔正道，
途清求志辨疑悬。
黄泥延世音容在，
精魄遗灵一脉传。

父亲节思吟

扬酒祭青天，今时悼父仙。
巍峰高耸立，沧海叠涡旋。
悲雨苍然下，愁云渺矣悬。
魂飞凡界外，期盼蹑空圆。

伺候久病瘫床老岳母

曲背躬腰病榻边，
泪流日夜伺亲萱。
厚恩似海何能报，
甘愿施身惊上天。

痛丧慈母自悲咽

奈何凋落南松老，
驾鹤登升母寿终。
苦乐人生明世道，
奔忙一辈塑家风。
祥容慈目情商厚，
孝子贤孙无地崇。
长叩苍冥流尽泪，
大悲暗自诉幽衷。

2020 年 6 月

二弟突发心脏病抢救功成

兄弟茫然踏鬼门，
良医天赐救残魂。
福哉大也回阳世，
悲喜心生热泪喷。

女儿出嫁

喜愁参半恋依依，
嫁女逢春在刻时。
展翅出巢成大事，
鲜花映日尽佳思。
双栖比翼清欢爱，
连理同引好梦知。
不舍之情心底匿，
朝夕新盼谱声诗。

2011 年 4 月

外孙女幼儿园毕业典礼

炙热蒸腾七月天，
绮园喧沸笑声连。
含苞花蕾溢香露，
待旦芳姿向日鲜。

2019 年 7 月

外孙女离别幼儿园

荏苒三年硬翅飞，
玲珑倩影映朝晖。
幼园小志心中立，
早盼身穿学子衣。

2019 年 8 月

外孙女入小学

少壮功夫由始起，
蓬头改扮学童装。
窗摇日月书香气，
莫道苍茫理想扬。

2019 年 9 月

外孙女获“古诗小达人”称号有寄

髫辫有心怀大志，
孜孜韵律喜成狂。
未消幼气而收获，
天道甄酬见曙光。

注：外孙女入学两个多月，因完成教育部规定小学生背诵 75 首古诗的要求，获得“古诗小达人”称号。

西江月·伴外孙女戏雪

乾雨绕身飘荡，寒风刺耳嘶鸣。白花絮里乐欢声，飞出粉团彩影。

稚手扬绦辫甩，蛮腰扭笑窝萌。飞英塑就小精明，镜里相如同景。

2020 年 1 月

喜观外孙女上电视朗诵古诗

除夕辉煌电视台，
曈曈闪烁幼童才。
黄钟古韵高声诵，
老少皆称可塑材。

2020 年 1 月

给外孙女做沙包

应孙缠闹动童心，
手艺翻来走线针。
绵软沙包随意转，
儿时稚趣岁重寻。

庚子五一携外孙女种菜园

出宅趋驰向菜园，
汗流烈日一畦湲。
百千绿籽入丰土，
老圃更容阡陌繁。

疫后外孙女开学

黉门掩闭阻瘟神，
童子家思同伴亲。
忽获霾消迎学日，
夜而不寐盼朝晨。

带外孙女参观科技馆

启蒙科技热情高，
疑问倾河似话唠。
兴趣精灵提怪事，
老翁语默一时遭。

外孙女戴上红领巾

赤色殷鲜映脸堂，
步盈欢乐和歌飏。
项环红角胸怀志，
心漾清波气碧芳。
理想初开萌象发，
激情忽动笃思常。
人生起始儿童队，
舞棹扬帆向远方。

外孙女入队喜咏

激情鼓号动童心，
红角披于颈上琛。
克绍箕裘依汝辈，
弄潮世代奏芳音。

外孙女担任班干部

初尝重担二杠肩，
意气昂扬喜舞翩。
修事之功今始起，
雏鹰展翅越山川。

外孙女竞聘学校广播员

清脆铜铃悦耳声，
竞争受聘梦初成。
欢欣履职新岗位，
伊始扬音理想宏。

后记

《咏絮集》是我的第二本诗词集。格律诗词是我青年时代开始即所爱的，但由于在学校学习时间较少而参加工作又较早，在后来的时光里，把更多时间和精力都投入工作中去了。退休了，身轻而发狂，离开了繁杂忙碌的工作岗位，终于有时间干一些自己喜欢、感兴趣的事情了。于是，便拾起了学习、研究、探索诗词创作的爱好。我的第一本诗词集《畅怀集》，里面的作品有很大一部分是年轻时代、退休前的，经过整理而集成。《咏絮集》除很少一部分属早些年的作品外，更多的是退休之后这几年拙笔集成。虽然收集成册，但是由于对格律诗词研究的欠缺、自身文化功力的不足，诗词创作总是磕绊而行，书中多是些拙文劣作、砖头瓦块。我的本意，一是记录自己在诗词海洋中学习游泳的轨迹，二是为诗词界的老师、专家和诗友们提供评头论足、指导施教的素材。我期望得到方家的指点和帮助。

此书的出版得到了许多朋友和家人的支持帮助。感谢山东省老干部诗词学会原会长张延龙先生，在百忙中通读书稿，提出批评意见，并专门撰写了序言。感谢挚友、著名作家、诗人姜钟松兄长，帮助研定了书名。感谢挚友、著名书法家于茂阳先生，为诗词集题写了书名，增强了集子的艺术性。借此感谢一切关注、支持、帮助我的创作活动的朋友们。

作者

2020 年 12 月